朝日新書
Asahi Shinsho 987

遊行期《ゆぎょうき》

オレたちはどうボケるか

五木寛之

朝日新聞出版

まえがき

ヒトはある年齢に達すると、必ずボケる。本人が意識していようがいまいが、それは絶対に否定できない事実である。

ボケることを認めないのは、歳を重ねることを否定することと同じだ。それにもかかわらず、現代人はボケることを怖れている。

「いやぁ、最近ちょっとボケがでてきちゃってね」

などと冗談めかして言ったりするのは、あきらかにボケがはじまっている証拠だろう。しかし、ボケは一様ではない。人生にもいろいろあるように、世の人のボケかたはさまざまだ。

あきらかなアルツハイマー型の認知障害はべつとして、「ちょっとボケが入ってきた」程度のボケかたは、体力の衰えと同じく自然のことなのだ。

私は数年前から杖をついて歩くようになった。左膝と股関節の老化による歩行障害をカバーするためだ。杖にすがって、などという表現もあるが、私は一本のステッキを使うことで、姿勢もよくなり、出歩く機会もふえた。

ボケるということも、同じようなものだと思う。

早かれおそかれ人はボケる。しかし、そこには個人差がある、というのが私の考えだ。

私は以前に『うらやましいボケかた』（新潮新書、二〇二三年）という本を出したことがあった。

どうせボケるなら、人もうらやみ自分も納得できるようなボケかたをしたい。

もちろん、そんなことは、自分の思うようにはならない。思うがままにいかないのが人生というものだからである。

〝なるようになる〟というのも、一つの信念だろう。

どうジタバタしたところで、人は思うように生きることは無理なのだ。

しかし、無理を承知で、というのも一つの生き方ではないか。そんなふうに思うことがしばしばある。

昔のお年寄りは「ピンピン　コロリ」というのを一つの夢として信心を深めたものだった。しかし今は未曾有《みぞう》の高齢社会である。

私たちは好むと好まざるとにかかわらず、長い高齢期をすごさなくてはならない。

長く生きれば必ずボケる。天才的な知性をもつ学者でも、私生活ではどこかにホツレがでてくることは避けられない。

ボケて暴言を吐いたり、制御不能の行動にでたりするのは論外である。論外ではあるが、そういうこまったボケを絶対に避ける方法は、はたしてあるのだろうか。

こんなことを言えば笑われるだろうが、私は宗教の核心の一つは、その辺にあるような気がしている。

悟りを開いた名僧知識の言動は、極上のボケに通じるところがある、と感じられるのだ。

青少年期は、みずからの心身を養う季節とされてきた。しかし、もっと大事なことは高齢期をどう生きるかだ。それには、ある程度はやくから心身を順応させる準備が必要なのではないだろうか。

最近、定年退職後の自由な暮らしを維持するためには、どれだけの資産が必要か、という話題がよくジャーナリズムで取りあげられている。

その時になってあわててもおそい、ということなのだろう。高齢期の心のもちようも、その時になってからではおそいのだ。

青年期の思想は、坂を登っていく思想である。高齢期の考えかたは、いわば下山の思想といっていい。登山にせよ、下山にせよ、それなりの準備と努力が必要だ。理想は、よりよきボケである。オレは絶対にボケないぞ、と頑張る人は、もうすでにボケが始まっているとみていい。

何度もくり返すが、私たちは高齢になると必ずボケる。それは避けようがない。しかし、知性に差があるように、ボケかたにも大きな差がある。

私たちがボケるのは、ヒトが死ぬのと同じように人間の運命だ。どれほど優れた超薬が開発されたとしても、人間のボケを完全にふせぐことはできない。むしろボケはやがて死を迎える人間への貴重な贈りものではないだろうか。

私たちはその贈りものを謙虚に受け入れなければならない。それを蔑《さげす》んだかたちや独善的な姿勢ではなく、よりよいかたちで受けとめ、できれば少しでもよりよいボケに磨きあげていくべきではないだろうか。

昔はそういう発想を「修養」と呼んだ。戦前、戦後にも、さまざまな修養団体が生まれ、人格陶冶《じんかくとうや》の道が模索された。

このささやかな一冊は、そのための手引書ではない。これまで無理に否定されてきたボケを、人間の運命として受け入れ、さらにそれをよりよいものとして、希望をもって工夫することをエッセイのかたちで提案する小冊子である。

どうぞすべての人びとが迎える高齢期に明るい夢がありますように。

著者

遊行期《ゆぎょうき》　オレたちはどうボケるか

目次

まえがき　3

第一章　ボケはやってくる
ボケをとらえる大前提　19
人として必ず歩いていく道　21
ボケは「意識のフォーカス」　24
「アンチ・ボケ」の流行　28
「ボケかた上手」を目指す　35

第二章　よりよくボケる
よりよいボケを求めて　45
親鸞に学ぶ「老い」のヒント　47

哲学的にボケを考える　52
ボケ道　54
よりよいボケかたとは何か　56
いろんな「よりよくボケる技法」がある　58
「軽さ」を保ったボケかたが理想　67

第三章　ボケを遅らせる養生

聴力が大事　75
耳「会食」のすすめ　80
視力が大事　87
食べるときは咀嚼力が大事　90
歩行力が大事　92

ボケの進行を遅らせる「養生」 94
ボケとリベラルアーツ 97
精神と肉体の微妙な絡み合い 101
おもしろがって養生する 103

第四章 知的活動を続ける

「物忘れ」との向き合い方 111
生の記憶と装飾の記憶 114
「歴史的健忘症」を憂う 118
記憶の不思議 122
ボケと回想 124
「便利」がボケを早める 126

生成ＡＩに『長編小説』は書けるか？　129
男と女、早くボケるのは？　130
仕事は続けたほうがいい　133
知的活動を維持するには？　137
親鸞、老いの情熱　138
知的活動とはつまり「語り」である　142
歌は生きる力　150

第五章　「刺激」を求める

好奇心を抑圧しない　157
意識的に「変化」する　159
リカレントよりもアンラーン　164

変化と性格　168
ボケに対する「免疫力」を高める　171
「転」が大事　176
「雑」が大事　185
越境者でありたい　188

第六章　こころを自由にする

病院が嫌いな理由　193
「信仰」という支え　195
「自由人」はボケにくい　198
マージャンとボケ　204
作家とボケ　208

ボケの不安から自由になる　210
加えてボケのリベラルアーツ　211

あとがき　217

編集協力・高橋和彦

第一章 ボケはやってくる

ボケをとらえる大前提

人間は老いにともなってボケていく。ボケはやはり深刻な問題です。一般的には、忌避されるべき嫌な状態、と、とらえられているらしい。

九十歳を超えた私は、まさに当事者です。だからこそ、ボケと正面から向き合いたい。ボケというものを、ばい菌のように嫌がらずに受け入れたい。そして、ボケについて考えをめぐらす中で、成熟した生き方というものを模索したい、と思うのです。

ただ、いわゆる科学的情報や医学的知見は、多くの人がさんざん聞き飽きているはずだし、もちろん、私は門外漢です。

私にできることは唯一、ボケに対するネガティブなとらえ方を転換させて、ポジティブな発想でボケをとらえ直していくこと。

いわゆる常識とは異なるとらえ方、考え方や行動に触れることで、「へぇー、そういう生き方もあるんだ」と、気持ちが少し楽になる、軽くなる。あるいは希望を感じられることがあります。

そういうボケに関する、大げさに言えば「思想」を語ってみたい。これは、幸いまだボケを自覚していない老作家のひとつの役目ではないのか。そんなふうに考えています。

ボケのとらえ方の大前提として、人間が昔の倍も生きるような時代には「体の老いと同時に、こころ、意識や記憶も老いるんだ」という強い覚悟が必要でしょう。

肉体だけが老いて精神は老いないというような甘い考えを捨て、ボケをまず必然としてきちんと受け入れたほうがいいと思います。

ボケはまったく特殊な状態ではありません。そう考えなければいけない。日本の人口の三分の一が六十五歳以上の高齢者です。つまり、国民の三分の一がボケを否《いや》応《おう》なしに体験するわけですから。

人によってその遅速、強弱の度合いは違うでしょうが、人間は必ずボケるのです。だからボケることを否定せずに、正面から受け入れる。これが私の「ボケの思想」の大前提になります。

人として必ず歩いていく道

ここで「クロスワードパズルはボケ予防に効く」といった類いの「ボケない方法」を述べたいわけではありません。

必ずボケる以上は、やはり好ましいボケかたをしたい。それは可能であるということを考えていきたいのです。つまり、ボケる覚悟。

私たちは衰えていく肉体の問題をいろいろコントロールしようとします。それと同じように、衰えていく精神の問題も、よりよい方向へコントロールできるはずです。つまり、より望ましいボケかたをするようなコントロールも可能だと思います。ボケを受け入れるとは、ボケを「人間の当然歩いていく道」ととらえることです。その道を少しでも明るく照らしたい。

本書では、あえてボケという言葉を使います。それは、ボケについてより明るく考えたい、という意図があるからです。

「このボケ!」などと、ボケという言葉が悪罵《あくば》、見下した言葉として使われることも多いでしょう。しかし、「認知症になった」とか「初期のアルツハイマーになった」とか、そんなふうに言うよりも「ちょっとボケが入ってきた」という言い方のほうが、人間的な親しみがあるじゃないですか。

アルツハイマー病の治療薬「レカネマブ」を厚生労働省が承認したときは、新聞のトップ記事になっていました。ボケを「不良」ととらえるなら、それをなくすような薬の登場は、確かに明るいニュースと言えるでしょう。

それに対して私は、医学的にボケに対処するという方法以外のことをいろいろ提案してみます。これは、いわば不良扱いされているボケを善導するための思想と実践です。

私の提案を通じて、ボケを受け入れることができるようになるのなら、本書を記したかいがあります。

ボケを受け入れるという発想は、仏教の死を受け入れるという発想と同じようなものです。

仏教を開いたブッダの思想の根底は「生まれた人間は死ぬ」ということと「すべてのものは変化する」ということ。根本的にその二つに尽きます。つまり、死ぬまで人間の意識や記憶も変化していくわけです。

ブッダがいまだにブッダとして尊敬されている理由は、死ぬまでどんなふうに生きるか、あるいはどんなふうに死ぬか、そういう問題を考えたからでしょう。

私はブッダに倣《なら》い、ボケを人間の生き方の問題として考えたいのです。

ボケは「意識のフォーカス」

ボケには「春風駘蕩《しゅんぷうたいとう》」としているイメージもあります。一方で、凶暴になったり、介護してくれる人に罵詈雑言を吐いたり、奇行に走ったりというケースもあります。

そういう荒々しいボケかたにならなければ、好ましいボケかたと言えるはずです。

ボケの親を抱えた家族の悲惨な話もよく耳にします。確かに、悲惨さはボケの一つの側面ではある。けれどもボケをどす黒い、不快な、まがまがしいものとしてとらえるだけでは、いかにも単純だと思います。

たとえば、ボケを「意識のフォーカス」というふうにとらえてみたらどうか。フォーカスとは、特に見せたい部分を際立たせるための撮影テクニックです。

ボケをフォーカスとしてとらえると、自分にとって大事なことを際立たせるために、どうでもいいことがうまくいかなくなっていて、混乱しているように見える状態と言えます。それで周りに迷惑がかかるわけです。

しかし、行動の取捨選択というものは当然あってしかるべきでしょう。ただ、その選択の基準が以前と違ってくる。本人の意識はフォーカスしている。やがて、それを周りの人は「ピンボケ」と感じる。ボケとは、そういう状態ではないでしょうか。

年をとってくると、脳の活動が縮小されたり制限されたりする。それにともなって、よいものをクローズアップして、必要でないものをカットするという意識の変化が起こる。それが行動面、あるいは精神面にも出てくる。その過程にボケがある。

私はそんなふうに思うのです。

たとえば、かなりボケていても、いわゆる宗教的信仰心は消えない気がします。仏壇に向かって何か乱暴なことをするというのは、あまり聞いたことがない。信心が衰えていく意識の底の「ストッパー」になるのだとしたら、それは一つの希望と言えるのではないでしょうか。

私はボケを異常としてとらえたくありません。ボケは人生の自然の流れの中にある。そういうふうにとらえたいのです。

そのためには、ボケに対する価値観が大きく切り替わらなければいけない。ボケを絶対的マイナスととらえて、とにかく人生の中からボケを遠ざけようとするのが普通でしょう。そうではなくて、「♪明るいボケ、暗いボケ、同じボケなら明るくなきゃ、ソンソン」と、阿波踊りの文句のような軽妙なとらえ方をしたいのです。

ボケという現象を正常なものとして、これを認める。認めるどころか、むしろボケは「意識のフォーカス」と呼べるような、人間が老いていく中でのひとつの防御のスタイルかもしれないのです。

ボケることによって何かプラスはないのか。たとえば、『東大教授、若年性アルツハイマーになる』（若井克子、講談社、二〇二二年）のようなボケていく過程をドキュメンタリー風に記した本を読むと、「ボケる力」というものが確かにあるのではないかと思えます。

本書ではそういうことまであえて考えたい。何か「ボケの効用」も提示できるかもしれません。

このようにボケを価値あるものとしてとらえると、ボケの問題として残るのは、そのマイナス面をどうカバーしていくかという「技法」の問題だけになるはずです。

本書では、私が面白半分で行っている「ボケの技法」もいくつか紹介することにしましょう。

「アンチ・ボケ」の流行

戦後の「生き方」を問う本には、大きく三つのテーマの流行があったと思います。一つは「いかに生きるか」。これが戦後の大テーマでした。たとえば、椎名麟三や野間宏などの実存主義文学者たちを始め、いろいろな人たちが「生」に関して模索する。そういう時代が続きます。

そして「生」のあとに「死」というテーマが出てきた。上智大学の教授だったドイツ人哲学者のアルフォンス・デーケン先生が提唱した「死生観、死の準備教育」の影響が大きかったと思います。いろんな思想家や文学者が死について論じ合い、人びとが死について考えるようになってきました。

次にやってきたのが「健康」ブームです。これは死からどう遠ざかっていくかというテーマから、おのずと生じた現象だと思います。

今は健康というテーマの流行が一段落つき、それに代わってものすごい勢いで盛り上がっているのが「老い」です。そして老いというテーマのなかでも、とりわけ話題になっているのが「ボケ」ではないでしょうか。

ボケは一般には「認知症」と考えられています。ただ、世間的には「あの人、最近ボケが入ってきたね」と軽い調子でよく話題にしています。ボケという言葉には、死や老いほど「人生の敵」としてのはっきりとした対抗物ではなく、何かちょっと余裕のある感覚が含まれている印象がある。

しかし、自分がいつかボケるのではないか、認知症になるのではないかという不安を、多くの人が抱えていることは間違いないでしょう。

何も高齢者に限った話ではありません。四十代、五十代から固有名詞が出てこなくなったりします。現役世代にとっても、ボケたら競争社会の中で脱落するんじゃないかという不安は大きいと思います。

人生百年時代と言われる中で、加齢にともなう肉体的な衰えに対する抵抗、「アンチ・エイジング」が注目されてきました。それと同じように、ボケないためにはどうすればいいか、ボケを克服するにはどうすればいいかというボケに対する抵抗、つまり「アンチ・ボケ」がブームになっているのを感じます。

私はアンチ・エイジングに対して、一貫して「人間は必ず老いる。年齢とともに肉体が衰えていく中で、何とかやり繰りしながら生きていくのが人生である」と言ってきました。アンチ・エイジングを含め、老いを否定するような健康ブームに、私はまったく与《くみ》しません。

私が健康法ではなく、好んで「養生」という言葉を使うのはそのためです。残り少ない時間、あるいは老いる肉体をどんなふうにいたわっていくか。老いを否定せず、受け入れるからこそ、養生という言葉が出てくるのです。

健康法は老いに対するアンチが基本ですが、養生はそうではありません。健康法が医学的、あるいは科学的な情報であるのに対して、養生は人生の知恵として生まれてくる。つまり、衰えていく肉体とどううまく折り合っていくか。こういう「老いの思想」が背景にあります。

思想と言っても、何も難しい話ではないし、その実践はとても簡単なものです。たとえば、私は八十代後半にさしかかったとき、左足がどうしようもなく痛くなって、とうとう戦後七十年ぶりに歯医者以外の病院に行きました。「膝関節の変形性関節炎」という診断が出て、医師からは「変形性股関節症もありますね」と言われた。「加齢にともなう症状です」と。

肉体の衰えは、こういうふうに一つ一つ、歴然と物理的にあらわれてきます。

一目瞭然で肉体の衰えがわかる「数字」もあるでしょう。たとえば視力なら、昔一・五だったのが今は〇・二とか、数字を見るだけで衰えがわかります。聴力の衰えは検査しなくても、テレビの音量の大小にあらわれるでしょう。

私の場合、昔のパスポートに書いてある身長と比べると、今は二センチぐらい縮んでいます。さらに、痛い左足をかばって右足を中心に歩いているものですから、足の長さが左右不均等になってしまった。マッサージをしてもらうと「ちょっと足が不ぞろいですね、左足のほうが一センチくらい短い」と言われたりします。

こういう具体的に出てくる肉体の衰えを、私は自然のリズム、自然の流れとととらえています。だから、それに対して抵抗する気はありません。肉体の衰えを受け入れたうえで、できるだけスムーズに折り合って生きていこう、と思っているだけです。

たとえば、左足の不具合は杖をついてカバーしながら歩いています。それで、いかに合理的に杖をつくか、日々研究する。また左右の足の不均等については、靴のかかとの高さでカバーする人もいますが、私はよく穿いているズボンを全部直しに出して、左足のほうを一センチ短くしてカバーしようと工夫しています。
こうしたことが私の言う老いの思想と実践です。

肉体が年齢とともに変化していくのに、感情、理性、心的活動が変化しないわけはありません。人間の精神は嫌でも変わっていく。つまり肉体の老い、衰えと同じように、精神の老い、衰えも自然の摂理と言えるわけです。

人間の肉体と精神は、自分でもおかしくなるほどに年齢とともに衰えていく。この事実を認めない人はいないと思います。私自身、近頃は「こんな失敗しちゃったよ」と自嘲的に笑ってしまうようなことがよくあります。

人間は必ず老いる、衰える。これは厳粛な事実である一方で、滑稽な事実でもあるのです。

長寿は確かに結構なことです。ただしそれは、どんどん衰退していく過程の中での長寿である。この事実も認めないわけにはいかないでしょう。

「年をとっても青春」などと言われたりしますが、肉体と精神の老い、衰えを認めたうえで、その中でどう生きていくか。そういう問いの立て方が人生百年時代には求められているのではないか。

多くの場合、ボケという言葉であらわされるような記憶力の低下、行動の一貫性のなさ、感情の抑制が利かないといった精神的、あるいは心理的な不具合は、肉体の衰えと重なるようにして出てくるものです。

生きながらにして人間失格するというボケかた、これがいちばんの恐怖かもしれません。

だからこそボケを悪として退治する、あるいは抵抗する、否定するというアンチ・ボケの考え方はやめて、「よりよくボケる」という方向で考えたほうがよいのではないでしょうか。

「ボケかた上手」を目指す

身長が縮んできた、体重が減ってきた、足が左右不均等になっているといった肉体の変化と同じように、人間の精神や心理も変わっていく。それをよりよくコントロールしていく生きかたを考えることは、ある意味「ボケと共生する」という思想です。

ボケていくことを、たとえば「アルツハイマー型認知症とは、脳内の前頭葉側頭部にタンパク質のアミロイドβ《ベータ》が付着して、どんどん神経作用が劣化していくこと」という医学的な不具合だけとしてとらえない。むしろそれと折り合って、いわば友として生きていく。ボケの中にも何か肯定的なものがあるに違いない。そう私は思うのです。

たとえばボケたことによって、かんしゃく持ちになる人と春風駘蕩となる人と、二つのタイプに分かれるじゃないですか。

以前、ある新聞の投書欄に十四歳の中学生のこんな投書が載っていました。

「私のおじいちゃんはすごく厳しくて、寡黙な人で、すごく怖かった。どちらかというとあんまり好きじゃなかった。でも、九十を過ぎてボケが出始めてから人柄が柔らかくなって、ときどき笑顔も見せるようになった」と。そして「私は今のボケたおじいちゃんが大好きです」という言葉で結ばれていました。

こういうふうに家族が受け入れられる温和なボケかたができたら、すごくいいなと思います。

どうしても現実社会に生きている私たちは、とげとげしくならざるをえないところがあります。しかし、ボケている人が一人そこにいるだけで、そういうとげとげしさが中和されて、何となくみんなの気持ちがほっと、そよ風が吹くような感じになる。それだけでもボケというものに「効用」があると言えるのではないでしょうか。

　昔、聖路加国際病院の院長だった日野原重明さんの『生きかた上手』（ユーリーグ、二〇〇一年）という本がベストセラーになりました。それになぞらえて言えば「ボケかた上手」を目指すというのはどうでしょうか。

　人生百年時代を生きる私たちは、よいボケかたを求めて試行錯誤をしながら、肉体のみならず、精神も養生していく。それは特に高齢者にとっての「努力義務」であると同時に、ものすごく大きな「楽しみ」のひとつになりえるのではないか、と私は思うのです。


　ただし、ボケを悪いものとして否定的にとらえていたら、肉体と精神の養生は楽しみにはならないでしょう。

　ボケがもたらすような失敗を「恥」と考えない。周囲も「この人、もうダメになったわね」というような目つきで見ない。そういう方向に世間が向かうことが大事でしょう。

むしろボケの中には、現役から離れた人間だけの持つ和《なご》やかさやユーモアがあるはずです。「あらあら、おじいちゃん、またこんなことしちゃったのね」と周りが笑う。そういう笑いによって本人の気分も明るくなる。よいボケかたを求める努力を楽しむためには、こういう循環、いわば「和」が大事なんですね。

そして世間が「ボケの和」に向かっていくためには、「ボケ道《どう》」とでも呼べるような、よりよくボケるための修練が必要かもしれない。

これからの人間はその後半生において、正しいボケかた、望ましいボケかた、人びとから愛されるボケかたというものを真剣に模索し、修練をする必要があるのではないでしょうか。

日本の百歳以上の高齢者数は、二〇二二年まで五十三年連続で過去最多を更新していて、九万二千人余りいるそうです。この先、百二十歳以上が激増する可能性があるとも言われています。

私が住んでいる横浜市では、かつて敬老の日のお祝いで市長さんから高齢者の家に記念品が送られてきました。私は六十歳のときに背中をかく「孫の手」をもらった記憶があります。

その後、お祝いは金一封に代わりました。すると、わざわざ市役所に自分で車を運転して取りに来る高齢者がいた。これは当時の笑い話ですが、こんなふうにいちいち長寿を祝っていたら自治体の財政は破綻しかねません。

現在の横浜市のお祝いは、六十五歳以上を対象に「よこはま動物園ズーラシア」など指定施設の優待利用、百歳以上には、手ぬぐいやお茶などの記念品になっているそうです。

百二十歳以上が激増する可能性も考えると、この手の住民サービスはいらないんじゃないか、もう無理だろうと思ってしまいます。

今、私たちは過去にない人生百年時代を、掛け声とかスローガンではない、現実のものとして受け入れなければならないところに立っているわけです。敬老の日のお祝いなど自治体の財政にまつわる話は、その一例に過ぎません。


現在、肉体的な老化に関しては、さまざまな社会的なケアもあって、ある程度カバーしていけるでしょう。一方で、精神的あるいは心理的な老化に関する社会的なケア、周囲との折り合いというものは、まだ不十分な状態だと思います。

だからこそなおさら、私たちはボケをノーと言って否定しない。つまりアンチ・ボケではなく、ボケとともに生きていく。あるいはよりよいボケを目指して努力する。これを一つの後半生の楽しみとして人生を歩んでいく必要があるのではないでしょうか。

どんなふうにして将来のボケの季節をむかえるか。何も高齢者に限った話ではありません。人間の老化は四十歳ぐらいから始まるとも言われていますから。

理性的に物事を思考する、実行するというのが近代的人間です。であれば、人生の中で理性を最後まで保っていけるかどうかは、やはり人生百年時代における最大の問題でしょう。

理性を保つ方法にはいろんな説があります。たとえば、クラシック音楽を聴くといいという。ただこの手の話は、実際にボケてから教えられても遅いわけです。やはりボケる前に意識的に努力して、自らよりよく備えることが大事なのです。

第二章 よりよくボケる

よりよいボケを求めて

ボケを嫌なもの、悪いものとして否定せず、むしろ、よりよいボケを求めて後半生を生きる。これは人間にとって、ものすごく価値ある生きかたのひとつだと私は思います。

自分の前半生を振り返って「何にもできなかったな」とか「結局、あれをやっただけか」とため息をつく人もいるでしょう。しかし後半生には、別の人生の目的というものがあるのではないでしょうか。

それは、年老いてなお社会から受け入れられる、むしろ社会に対して貢献できる、社会をよくするような老人になるという目的です。

それを達成するための大きな道筋の一つが、よりよいボケを目指す、ということ。これは、ヒューマニズムのものすごく大きな目標になりえると思うのです。

その第一歩は、ボケを否定するのではなく、肯定すること。単に肯定しているという受け身のかたちだけではなくて、もう一歩進めて、よりよいボケのあり方を模索していく。そして、そうなるためのさまざまな方策を実践する。

これは後半生の人生の目的として、すごく大事ないいことだと思います。

先に紹介した中学生の投書にあったような、孫から「今のおじいちゃんが大好きです」と言われるような人生を目標とすべきではないでしょうか。

そのためには、人生の前半で仕事の鬼などと言われ、家族からも敬遠されていたような人が、人生の後半での人柄が和やかになる。それを人格崩壊というふうにとらえず、「円熟していった」と、とらえる必要があります。

円熟とは、よりよいボケかたである。この思想に多くの人が共感してくれたら、ボケかたのオリンピックを開いて、世界最高のボケの人に金メダルを贈ることもできるかもしれない。

歴史上、いろんな偉人や英雄がいますが、これから先の偉人や英雄は、みんなが憧れるようなボケかたをして、社会から惜しまれる人間ということになるかもしれません。

ですからボケは人格の完成度の最終段階なのではないか、とも思います。

「名僧知識」と言われる老僧に何か質問をすると、一言ぽつんと答えが返ってきて、はっと恐れ入って感動する。私にも何度かそういう体験がありました。

高齢の名僧、高僧は多少ボケている気がします。つまり偉大なボケかた、高遠《こうえん》なるボケかたをしている人を「悟りの境地に達した」というふうに呼ぶのではないか。ボケを円熟ととらえると、そんなふうに思えるのです。

親鸞に学ぶ「老い」のヒント

高齢の名僧と言えば、やはり鎌倉時代に九十歳まで生きた親鸞でしょう。

当時の平均寿命は二十四歳と言われています。親鸞の師・法然は八十歳、弟子筋の蓮如は八十五歳で亡くなっています。親鸞の九十歳はそれと比べてもすごい。

しかも、単に長生きしただけではありません。親鸞は七十五歳頃から「和讃《わさん》」を書き始め、亡くなる直前まで書き続けました。和讃とは、いわば歌の作詞です。そういうものを九十歳になってなお何百と書き残すのは、ある種、知的な化け物と言えます。

念仏の中興の祖・蓮如には五人の妻と二十七人の子どもがいました。そのうち八十を過ぎてからの子が三人。その政治力も含めて、確かにスーパーマンではある。けれども知的な到達度から言うと、どうしても親鸞でしょう。

親鸞が若いときのことよりも、その晩年の生き方に思いをはせるにつけて、空前絶後のすごい人だと感心せずにはいられません。

親鸞は、いわゆる禅問答的なかたちの言葉を残した人ではありません。大著

『教行信証《きょうぎょうしんしょう》』に代表されるような論理的文書を残し、かつ晩年に和讃、つまり歌の歌詞を書いているわけです。

しかもその歌の形式は、平安時代の中期から鎌倉時代にかけて大流行した「今様《いまよう》」という、当時のニューミュージックです。

そういう世界を九十歳まで書き続ける、その青春のみずみずしさ、柔軟さは並じゃない。私は、親鸞の後半生に一つの老いの完成度を見るのです。

親鸞の知的活動を支えていたものは何でしょうか。そこに老い、あるいはボケに関する大きなヒントがあると思います。

親鸞は三十四歳のとき、念仏に対する弾圧によって流刑となり、京都から越後国に追放されました。四年ほどで流刑が解かれ、四十二歳のときに越後国直江津から常陸国《ひたちのくに》稲田に移ります。そして二十年ほど稲田の草庵（西念寺、茨城県笠間市）に住み、関東で布教活動を行いました。

戦後のいわゆる民主主義的親鸞観の中には、親鸞が未開の土地に入り、人びとを導いて次々と開墾して豊かな農村にしていった、などという言説があります。

しかし、親鸞は最高度の知識の人です。関東の神社には当時、学問的研究のための資料がたくさんありました。たとえば、草庵近くの稲田神社には仏教関係の資料がそろっていた。さらに関東には、京都に負けないくらいの文化的成熟もあった。そして、歌壇というものが成立していたのも関東です。

つまり関東は、親鸞が流されていた直江津に比べると、はるかに学問的、文化的な蓄積や機会が多かったわけです。親鸞は勉強するためにそういう土地を目指した、と私は思います。

親鸞はたびたび稲田から鹿島に旅をしています。おそらく鹿島神宮にものすごいライブラリーがあったのでしょう。

当時の日本は「日宋貿易」の時代です。中国の宋から、物と一緒にさまざまなかたちの新しい知識が入ってきました。それらは西欧のいろんな要素を吸収しています。そういう文物が鹿島神宮に運ばれてきていた。だから親鸞は、新しい文物に触れるために鹿島に足しげく通っていた。これが私の推理です。

親鸞の思想の中に景教《けいきょう》、キリスト教的な発想があるのではないかというのは、学術的親鸞研究においてあまり語られない部分です。

しかし、明らかに親鸞の「悪人正機《あくにんしょうき》（善人なほもて往生をとぐ、いはんや悪人をや）」という発想の中には、キリスト教の愛と共通する何かがあります。

親鸞がその影響を受けたかどうかは別として、少なくとも親鸞は、比叡山的に古典を勉強するだけではなく、中国というグローバルな文化圏の新しいカルチュアに触れていた。そういうふうに考えたほうがいいのではないか。

親鸞の後半生において、その知的活動を支えていたのは、狭い島国だけではなく、風通しのよいインターナショナルなものだった、と私は想像します。

同時にそういう柔軟な、自由な知的活動を通じて、最後までボケというものと共生しつつ、親鸞は生きたのではないでしょうか。

哲学的にボケを考える

最後にやってくる生理的な死をどんなふうにむかえるか。こういう問いに対しては、どう生きるかということをやはり考える。決して、死なない方法を考えるわけではありません。

それと同じように、必ずやってくるボケをどうむかえるかという問いの答えは、ボケない方法の中にはなくて、望ましい生き方の中にある。つまり「人間の完成度としての豊かなボケ」、そんなとらえ方の中にこそあるはずです。

こうした発想は、いわゆる記憶を積み重ねて論理的な思考をしていくのとは、また別の意味での哲学、思想と言えるでしょう。

ボケとは人格の完成度の最終段階なのではないか。肉体の能力が退化していくのと同じように、精神の能力も退化していく。これは人間として避けられない。しかし、ボケの中には退化というだけではないものがあり、ボケることによって得る未知のものがあるのではないか。

こんなふうに哲学的に考えると、ボケをばい菌のように嫌い、それを恐れるマイナスのとらえ方、ボケに対する不安、あるいはそれをやっつけようという敵愾心《てきがいしん》は、とても軽くなるはずです。

今日、ボケは「介護の対象」として考えられています。

そういうボケに対するマイナスの視点というものを、いったん放棄する。それは夢かもしれない、ある種のロマンかもしれないけれども、プラスの視点からボケを考える。そのことによって私たちは、人生百年時代に希望というものが持てるのではないでしょうか。

ボケ道

年をとると、一日一日、体力の衰えを如実に感じます。

階段を上るにしても、昨日まで百二十段上れたのが今日は百段しか上れなくなって、やがて八十段になっていく。そんなふうに、具体的にさまざまな肉体の能力は落ちていくわけです。視力にしても聴力にしてもそうです。

それに対して精神の衰え、つまりボケていくという道には、ひょっとしたら無限の可能性がひそんでいるのかもしれません。そうであれば、私たちは人間性というものを最後まで維持することができる「ボケ道《どう》」を持っていることになります。

よりよいボケかたをしていく道がボケ道です。その道を歩むには、茶道とか華道とかと同じように努力が必要です。

そして努力するためには、まず希望を持つことが大事でしょう。周りから見たら単なるボケに見えるかもしれないけれども、先に紹介した中二の孫とおじいちゃんのように、そのボケには深い意味がある。あるいは、親鸞のように最後まで知的活動は続けられる。

誰にでもそういう可能性があるからこそ、よりよくボケよう、ボケの極地を追求しようという目標に向かって努力できるわけです。

哲学的にボケを考えると、結局は「人間の尊厳」というところに行きつきます。人間の尊厳は肉体的にあるものではなく、精神的にあるものです。走力とか持久力とか物を持ち上げる力とか、そういう能力が人間よりも優れた動物はたくさんいます。ほかの動物にない人間の能力は、やはり知的活動です。

その意味でも、望ましい、豊かな、楽しいボケを目指すというのは、人生後半の希望となる大きな知的活動ではないか、と、私は思うのです。

よりよいボケかたとは何か

私の言う「よりよいボケかた」とは、尊敬されるボケかた、愛されるボケかた、孫にも好かれるボケかたです。ただ、それは相手しだいでもあるので難しいところがある。だから本人としては、現代社会の中で場外に置かれない、そこからはみ出さないようなボケかたを目指す、ということになります。

そのためにはどうすればいいか。そこを考えるのがボケ道、あるいは「よりよくボケる技法」です。そういうものを意識的にきちんと追求していかないと、人生百歳時代は悲劇でしかないと思う。

人間、長く生きていればいいというものではないでしょう。百歳になって「おめでたい」と、見せ物みたいに写真を撮られるだけでは意味がない。百歳にして、なお今の現実の社会の中に一つの居場所を示す。肉体的には車椅子に乗っていたとしても、精神的には「現役」であり続ける。それが大事なのです。

精神的な現役とは、もちろんボケを恐れ、忌避するような「アンチ・ボケ」ではありません。むしろボケを磨き上げて、今の時代にふさわしい、望ましいボケかたをしようという意識のこと。つまり、ボケを必ずくるものと受け入れて、明るく楽しく生きようとする意欲のことです。

だから、体のトレーニングだけをして「アンチ・エイジング」などと威張っていてもダメなわけです。人生百歳時代を支える、こころのトレーニングをしなきゃいけない。

ただしボケは、精神の問題であると同時に脳の問題でもあります。つまり、メンタル面の修養だけではダメで、それこそ食事から始まって、運動や睡眠も大事になってくる。そういう体としてのフィジカルな問題もきちんと考えていかないと、よりよいボケかたの境地には達せないように思います。

具体的に何をするか。私の「実践」を紹介しますが、果たしてみなさんの役に立つかどうか。私のケースはあくまでも参考であって、「おすすめ」ではありません。

ぜひ、それぞれに合ったものを自分自身で努力して見つけてください。

いろんな「よりよくボケる技法」がある

具体的にどういうふうにすれば「よりよいボケ」に向かえるのでしょうか。

よく言われるのは、いろんな人と交わる、たくさんの友だちを持つといったことです。私は必ずしもそれで、人づき合いが「悪いボケ」の予防にはつながらないと思います。実際、人との交流がなく孤独に暮らしていても、最後まできちんと意識を保っていた人たちはいるわけです。

対人関係を多く持つために、サークル活動をするとかボランティアをするとか、人間と接触することも大事でしょう。ただし、それだけではなかろうと思う。たとえば、私は食事のときに、できる限りひとりで食べず、誰かと一緒に食べるようにしています。しかし、それだけを守ってさえいればよりよくボケる、とは考えていません。

いろんなよりよくボケる道があるはずです。たとえ森の中に孤立して暮らし、対人関係を持つことが難しくても、別の道を探して試してみる。そういう努力も必要だと思います。

もちろん、精神的な意味で偉大な賢人になるような道は、なかなか歩めるものではない。やはり私たちは親鸞にはなれません。

しかし、昔は剣道を剣術といい、剣術使いという言い方があったように、そこにはいろんな技法があるわけです。

つまり、「よりよくボケる技法」をいろいろと自分なりに試してみることが大事なんですね。

たとえば私は、有名な作家の名前が出てこないことがしょっちゅうあります。顔も浮かんで、時代も浮かんで、著書まで浮かんでいるけれども名前が出てこない。人名にとどまらず、一日に何回も固有名詞を忘れます。

その対策として、私は「五回出てこなかった固有名詞はメモを取る」と決めています。よく忘れる固有名詞を全部リストアップしても、せいぜい五十ぐらい。たいしたメモにはなりません。

「ストーリーを作って覚える」ということも試しています。受験生が歴史の年号を覚えるときに「白紙に戻す遣唐使」（八九四年）とか「いやござんなれ、ペリーさん」（一八五三年）とか工夫するじゃないですか。私も親鸞が生まれた一一七三年など、忘れたら困る年号はそういうストーリーを作って記憶するようにしています。

苦労して覚えるのではなくて、ユーモラスな語呂合わせで覚えていくというのは、その作業じたい楽しいものです。しかも、なかなか思い出せなくて悩んでいたのにすらすら出るようになるのは、理屈抜きでうれしいものです。

そういう記憶を引き出す工夫やテクニック、技術は、ほかにもいろいろあるでしょう。それを身につける、あるいは自分なりに発見するというのも、一つのよりよくボケる道になりえると思います。

ちなみに私の場合、固有名詞のメモをどこに置いたか忘れることがよくあって、いつも困ってしまうのですが。

私は日常生活の中で、いろんなよりよくボケる技法を楽しみとしておもしろがって続けています。

なかでも重視しているのは「五感をさびつかせない」こと。年をとってさびつくのは仕方ない。けれども、できるだけ維持するようにこっそり気楽なトレーニングをしています。

ただ私のトレーニング方法、たとえば鼓膜や口舌の運動ですが、それが誰にでも役に立つかどうかはわかりません。

聴力が衰えてきたら補聴器を使ったほうがいいと思う。しかし、どういう補聴器が自分にいちばん合うかは人それぞれです。だからやはり自分の知力を尽くして、自分で探し出すことが大事なのです。

五感のトレーニングも同じです。ぜひご自身で自分にぴったりなものを見つけてください。

また、「鼻歌を歌う」のはすごくいいことだと思います。ボケている人で鼻歌を歌っている人はあまりいない。その逆をやるとボケ対策になる気がします。

私の妻は精神科の医者です。彼女が「精神科の病棟で鼻歌を歌っている人はいない」と言っていました。つまり、鼻歌は精神的に呑気《のんき》な証拠。呑気なボケはよいボケと言えるでしょう。

年をとったら「よいかかりつけ医を持て」ともよく言われますが、だいたいにおいて、それは至難の業でしょう。

私には、かかりつけ医がいません。私の場合、七十年も歯医者以外の病院に行っていないので当然なのですが。最近、大学病院に行って足を診てもらいましたが、医師との面談は一回きりで終わりです。そこから個人的なつき合いが始まって、しょっちゅう現状を報告するというような関係にはなりませんでした。

特に歯科医は本当に当たりはずれがあります。

明瞭にしゃべるためには歯が大事です。歯の機能を維持するためには、よい歯科医師にかかる必要があります。しかし、それが難しい。

それでも知力を尽くして、自分に合ったかかりつけ医を探したほうがいいと思います。

二〇二三年に百二歳で亡くなった画家の野見山暁治《のみやまぎょうじ》さんと、九十八歳ぐらいのときにおしゃべりしたことがあります。あまりに身軽、動作が活発だったので感心して「お元気ですね。特別な健康法でもやってらっしゃるんですか」と尋ねた。そうしたら「べつに、なーんも。ただ毎日、絵を描いてるだけですよ」と。

以来、野見山さんは私の一つの理想になりました。

百歳を超えている人に長寿の秘訣を聞いても、あまり自分はこうしているとは話さず、「体質」などと答えがちです。

しかし身近な長寿のモデル、「あんなふうになりたい」と自分でイメージしやすい人物を持っておくことも、よりよくボケる技法の一つだと思いますね。

よりよくボケる技法を学ぶ対象は、何も長く生きた人に限りません。ものすごく濃密に短い人生を終えた人にも学ぶべき点があります。

私は「野口整体」の創始者の野口晴哉《はるちか》さんが好きで、私の養生法の多くは彼の考え方、やり方を参考にしています。ただ野口さん本人は、六十四歳で亡くなっています。

野口さんの高弟だった作家の伊藤桂一さんに「野口さんは、あんなにすばらしい療法を身につけていたのに、なんで早く亡くなったんですか」と尋ねたことがあります。伊藤さんの言うには「先生は自分の命をすり減らして早く死んだんです」と。

野口さんは、生まれたときに「絶対二十歳までは生きない」と言われたぐらい虚弱な子だった。それでも成長して、治療の道を開いてからは身命を賭してどこにでも治療にかけつけた。たとえ夜中でも、具合が悪いと連絡があるとすぐにすっ飛んでいった。「そんなふうにしていると体を壊しますよ」と周りが心配するほど献身的に働いていたという。

要するに、その人の心理的側面、あるいは言動的側面において、周りがあまりいたわらなくてすむような生きかた、ボケかた、死に方が私の理想なんですね。

私は、山田風太郎さんの『人間臨終図巻』（徳間文庫、二〇〇一年）が好きで、よく読み返しています。早逝した人から長生きの人まで、九百二十三人の「死に方」が載っているのですが、こういうものも自分の理想を見つける参考になるでしょう。

テレビで長寿者のロングインタビューを見るのもいいと思います。私がＮＨＫの特番で見たのは、読売新聞の渡邉恒雄《わたなべつねお》さん。多少口はもつれるけれども、頭はしっかりしていました。もう九十八歳ですが、おそらく今も会社の役員会でどんどん発言して、周りから怖がられているのではないでしょうか。

いたわらなくてすむどころか、煙たがられる。そういうのもある種の理想かもしれません。

「軽さ」を保ったボケかたが理想

人生百年時代と言われる時代には、それにふさわしい高齢期の思想を確立することが大事ではないでしょうか。

そのためにどうするか。たとえば、ボケを病気や人格の劣化といったマイナスの現象ではなく、一つのカルチャーとして積極的にとらえ直してみる。あるいは、あいうふうにボケていけるといいな、と周りの人が見て感じるような望ましいボケかたを模索してみる。そういう「研究」が必要だと思います。

研究といっても何も難しいことではありません。たとえば、高齢者のあり方として、みなさんの身近には、お手本としたいような人が必ずいる気がします。私の場合、先ほど述べたように画家の野見山暁治さんをとてもうらやましく思いました。

九十八歳の野見山さんは身ごなしや発言がすごく軽快でした。いかにも重々しく、ゆったりしているといった長老らしさがまったくない。ひょいひょいと立ち上がってお茶をくんだりする。軽薄なくらいなんですね。自分もそういう軽快な高齢者でありたい、と思ったのです。

蓮如の言葉の中に「人は軽《かろ》きがよき」という名言があります。年をとるにしたがって重厚にゆったりしていく、という老化の道もあるでしょう。けれども、最後まで軽薄なぐらいにちょろちょろしている。それも一つの望ましい老化のあり方ではないでしょうか。

ちょっとC調なぐらい軽やか。これはすごく大事なことだと思います。

日本では「あの人は貫禄がある」とか、何かと重々しいほうがよしとされるけれども、私はむしろC調、軽薄のほうを大事にして生きてきました。

だから、そういう精神的な軽さを保ったボケかたをしていくのが私の理想なんですね。

周りの人たちから嫌がられないボケ、好かれるボケ、尊敬されるボケ、あるいは周りと調和しているボケ。そういうものに達するためには、それなりのこころ配りや努力が必要でしょう。

それを強制や義務感ではなく、楽しみながらおもしろがってやっていく。そのためにも「重さ」ではなく「軽さ」が大事だと思うのです。

日本人は「人生修養」というのがすごく好きです。新渡戸稲造の『修養』が明治末から昭和にかけてロングセラーになったし、『修養雑誌』というタイトルの雑誌まであって、修養を教えるいろんな先生方がいました。

ただ、どれもいかにもまじめで教養主義的です。修養という言葉じたい、正座して掛け軸を眺めているような感じがする。もっと笑いとか軽さとか調子のよさとか、そういうものがあってもいいのではないでしょうか。

今も日本人の修養好きは変わらないようです。私は『致知《ちち》』という教養誌に連載を書いていますが、この雑誌にはいろいろな人たちの名言などがたくさん載っています。

私がボケについて考えたいのは、あくまでも軽やかな「技法」なんです。大事なことは、まずボケを避けない。それからボケを否定的に考えない。人間は、体力・気力が衰えてくると精神的にもボケていくものです。それを重苦しくとらえず、できるだけよい方向へ持っていくように、楽しみとして軽やかに努力する。

高齢者になると体のふしぶしが硬化して、非常に動作がぎこちなくなります。しかし、能・狂言や歌舞伎の年配役者を見ていると、立ち居振る舞いがきれいです。そういうふうに立ち居振る舞いに限らず、精神的なあり様も、無駄をはぶいた柔軟さが年をとっても残せるのではないか。私はそう考えているわけです。

そのためには努力しなきゃいけないでしょう。ボケから逃げよう、ボケを避けようとするのではなくて、よりよくボケようとする。そこでは、体の状態に応じて自分にとって気持ちのいいボケる方法を見つけていく。そういう積極性が必要なのです。

しかし、その努力は決して重々しいものではなくて、むしろ軽薄なくらいがいいと思う。そのほうが、年配者でありながら周りの人たちから敬遠されず、嫌われず、仲間に入れてもらえる、女子中学生にも好かれる老人になれるのではないでしょうか。

第三章

ボケを遅らせる養生

聴力が大事

ボケには、次の四つの「衰え」が密接に関係していると思います。

一、聴力の衰え
二、視力の衰え
三、咀嚼《そしゃく》力《りょく》の衰え
四、歩行力の衰え

ジャーナリストの田原総一朗さんが著書『堂々と老いる』（毎日新聞出版、二〇二一年）の中で、補聴器の話をしています。

田原さんは、じつは私の後輩です。単なる早稲田大学の後輩だけではない。私は若い頃、東京の練馬にあった業界紙の集配をやるオフィスに住み込みで働いていました。

部屋代を払わなくてすむのが住み込みの魅力です。その代わり、朝の四時に起きて働くという大変な仕事。きつくて一年ほどで辞めたのですが、私の後に入ったのが田原さんでした。

田原さんは、君の前にいた人はこういう人だよ、と社長から聞いていたそうです。後年、「僕は五木さんの後輩です、大学のじゃなくて……」と自己紹介されて驚きました。

それはともかく、田原さんは著書の中で「補聴器をつけるようになって、ずいぶん自分の知的活動が活発になった」と語っています。

田原さんによれば、補聴器は買ってきて耳に入れたらすむというものではありません。専門の医師の診断を受け、聴力の度合いに応じていちばん適切な補聴器を選び、それを使いこなすトレーニングをする必要がある。

専門医の指導で行うトレーニングには、ひょっとすると三ヵ月くらいかかるそうです。ただそれをちゃんと行うと、本当に自在に使いこなせるようになるらしい。田原さんは、補聴器を使うようになってずいぶん楽になったと言っていました。


作家の佐藤愛子さんと三年ほど前、月刊誌『婦人公論』で「記憶の扉を開けてみると」というテーマで対談したときのこと。

佐藤さんは当時、九十七歳です。対談中、受け答えのタイミングがまったくずれず、とてもテンポよく、打てば響くように会話ができてとても感心したんですね。

そう伝えると、耳元の髪をちょっとかき上げて、隠れていた補聴器を見せて「これが役に立っているんですよ」と。佐藤さんも補聴器でずいぶん苦労なさったそうです。いろんな国産品を使ってみたけれども駄目で、結局、今の海外ブランドの高額のものにたどり着いた。「やっとこれで普通に会話できるようになりました」と笑っておられました。

つまり、佐藤さんの打てば響くような会話力は、さんざん苦労してたどり着いた自分に合っている補聴器が支えているわけです。

聴力が衰えてきても補聴器を活用したら、田原さん、佐藤さんのように知的活動を永続させることができるのではないでしょうか。ただし、できるだけいい補聴器をつけて訓練して使いこなすことが大事なのです。

ありがたいことに私は、まだ聴力の衰えを感じていません。

私の場合、かつてレコード会社で働いていたこともあるし、音楽の仕事に携わる機会が多かったので、耳をすごく大切にする癖がついているんですね。耳が悪いと音楽の仕事はできません。

音楽の仕事では音感と同時に聴力がものすごく大事で、さまざまな訓練法がありま す。それを私なりにアレンジして、若い頃に聴力を保護する訓練メニューを作った。要は鼓膜の弾力性を失わないためのトレーニングですが、今でも毎日、朝夕二回、ずっと続けています。

また、活字を読むことやしゃべることも私の仕事ですから、視力や発声力を保護するトレーニングもしています。最近、何年ぶりかに歯の大修理をやっています。おかげで滑舌がひどくそこなわれて苦労しています。

もし不都合を感じてきたら、補聴器に限らず、いろんな道具の力を借りて仕事を続けていくつもりです。たとえば視力がさらに衰えたら、いい眼鏡や拡大鏡を使う。新聞とか本とか、活字が読めなくなったら困りますからね。

耳「会食」のすすめ

聴力が衰えると、おしゃべりする場を嫌うようになって、どんどん会話力も落ちてきます。

いちいち「え？　なんだって？」と、耳に手を当てて聞き返していると会話がスムーズに進まない。そうなると、いわゆる自己嫌悪におちいって、自分から会話の機会を遠ざけてしまうのです。

かといって。高齢者の人たちの集まりにありがちですが、ときどき相手のしゃべっていることが聞こえなくなるにもかかわらず、わかったふりをして相槌を打ったりするのもよくない。人の話をちゃんと聞いて話す、という会話力はものすごく大事です。

そういう意味でも、聴力の衰えをカバーする補聴器は、高齢者の人たちにとって必需品の一つと言えるでしょう。

毎日新聞（2023年6月23日付朝刊）の投稿欄「仲畑流万能川柳」にこんな一句が載っていました。

食事中人間だけが談笑す（久喜　宮本佳則）

人間と他の動物を区別する事柄はたくさんあるでしょうが、この川柳を目にして、私がすぐ思いついたのは葬礼、死者を弔う行為。しかし調べてみると、チンパンジーにもそういう習性があるらしい。

食事をしながら話をする。あるいは話をしながら食事をするのは人間だけ。言われてみるとなるほどで、なかなか鋭いところをついている句だと感心しました。

確かに、たとえば犬とか猫の親子に餌をいっぺんに与えると、とにかく各々がガツガツ食べている。ぜんぜん相手のことを考えず、押しのけるようにして黙々と食べるだけです。

人間の場合、「今度、一緒に食事でもしませんか」と誘うのは、基本的には「ちょっとお話をしましょうよ」という意味なんですね。犬猫のようにモノを食べるだけにはなりません。

飲食しつつ会話するというのは、人間と他の動物との区別の一つであると同時に、すごく大事な行動だと思います。

作家デビューして間もない頃、月刊誌『文藝春秋』の仕事で、福井県にある曹洞宗の大本山・永平寺に入門してほんの短い期間、禅修行の真似ごとをした経験があります。

曹洞宗の宗祖・道元が開いた永平寺の修行の厳しさは有名です。さまざまな厄介な決まりがたくさんあって、その中で私がいちばん辛かったのは「食事中、一言も声を発してはいけない」という禁止事項でした。
食堂では、食事の前に「五観の偈《げ》」を唱えます。

一つには功の多少を計り　彼《か》の来処《らいしょ》を量《はか》る
二つには己が徳行《とくぎょう》の　全欠を忖《はか》って供《く》に応ず
三つには心を防ぎ過《とが》を離るることは　貪等《とんとう》を宗《しゅう》とす
四つには正《まさ》に良薬を事とするは　形枯《ぎょうこ》を療《りょう》ぜんが為なり
五つには成道《じょうどう》の為の故に　今此《いまこ》の食《じき》を受く

みんなで唱え終わったら食事。最初、たくあんをパリッと嚙んだだけで指導役のお坊さんにぐっとにらまれました。とにかく音を立てちゃいけない。もちろん、食事中に言葉を発しちゃいけない。これがすごく大変でした。そういう記憶があるものですから、「なるほど、禅宗というのは厳しいもんだな」と、ずっと思っていたわけです。

しかしそのあと、中国広東省にある南宗禅の発祥の地・南華寺を訪ねて、禅宗の印象が変わりました。南宗禅は道元の禅のルーツと言われています。南華寺には南宗禅の祖・慧能《えのう》のミイラも祀られています。

南華寺の食堂では、僧たちがわりとしゃべりながら、がやがやと食べていました。禅堂では、みんなうちわのようなものを持って、あおぎながら坐禅を組んでいた。それで鐘が鳴ると、僧たちはしゃべりながら、それぞれ勝手に禅堂を出ていく。

「日本の禅寺では食事の前に偈というものを唱えるんですが、ここはやらないんですか」と尋ねたら、気楽な調子で「いや、こころの中で唱えていますから」と。同じ禅宗でもこんなに違うのかと、ちょっとびっくりしました。

そのあと、京都にある黄檗宗《おうばくしゅう》の大本山・萬福寺に行ったときにも驚きがありました。ここは江戸時代初めに来日した中国人僧、隠元《いんげん》が開いた禅寺です。

取材が終わったあと、お寺の名物の「普茶《ふちゃ》料理」を出してくれて、若い修行僧も交えた偉いお坊さんとの食事会になりました。それで食事の前に「永平寺では声を発してはいけないと言われたり、いろいろ大変でした。ですから、このお寺の食事のマナーを最初にうかがっておきます」と伝えました。そうしたら「和気あいあいです、もう自由にやってください」と。

永平寺との違いに驚くと同時に「和気あいあい」というのがすごく気に入って、以来、萬福寺のファンになりました。

さて近年、食事をするときに一人で食べる「孤食」が問題視されています。子どもの健康面や精神面への悪影響だけでなく、孤食はボケの原因の一つとも言われています。

やはり、歓談しつつものを食べる、というのが人間の理想でしょう。だから、みんな無意識のうちに、できるだけ一人で黙々とものを食べないようにしているのではないでしょうか。

家にいるときには家族そろって食卓を囲み、一家団らんの中で食事をする。あるいは、会社にいるサラリーマンが「帰りに一杯どうだい？」と同僚を誘って、上司の悪口を言い合ったりしながら飲んだり食べたりする。みんな無意識のうちに孤食を避けているのだと思います。

しかし、昭和の戦時中に育った私たちの世代は、学校で「男は、『はい』と『いいえ』しか言うな」というような教練を受けました。たとえば、教室でぺちゃくちゃしゃべりながら弁当を食べていると、先生から大目玉を食らった。だから私たちの世代は、ともすると食べるときに一言も声を発しない。早めし、早ぐそ芸のうち、男は黙ってサッポロビール。そんなふうになりがちです。

孤食になる傾向がある人は、意識的に孤食を避けるようにしたほうがいいと思います。

私も外食するときには必ず誰かを誘うようにしています。無理やりにでも来てもらって、一緒にしゃべりながら食事をする。ただ私の場合、このことを年をとってからボケ予防のために始めたわけではありません。学生の頃からの単なる習慣なんですが。

視力が大事

よりよくボケるためには、ちょっと面倒くさいけれども、やはり日常の努力が必要でしょう。

私は毎日、視力を保つトレーニングを遊びながら十年以上続けています。

朝、食卓についたら、まず腕時計を目から十五センチぐらいの距離にもってくる。それで窓の外、百五十メートルぐらい先にある樹木と交互に見比べます。ぱっと木の葉を見たら、すぐに腕時計の何時何分を直視して、また目を転じて木の葉を見て、また腕時計という繰り返し。瞬間的に目の焦点を行ったり来たりさせる。このトレーニングを毎朝、百回。

人間の目のレンズは瞬間的に焦点を合わせるという点で、今のカメラでも追いつかないほどすごい性能を持っています。しかし、年をとると時間がかかるようになります。

だから目の機能をさびつかせないように、毎日、手元を見て遠くを見てというトレーニングをしているつもりなのです。そのせいかどうかはわからないけれど、幸い私はまだ目の焦点距離を合わせることの衰えを感じていません。

また、高齢になるにしたがって上まぶたが下がってきます。つまり、放っておくと目の周りの筋肉が衰えて、どんどん目が細くなってくるわけですね。

それもあって、高齢者の車の運転は危ない。上方の視野が狭くなっているので、遠くの信号は大丈夫だけれども、目の前の信号はいちいち顔を上げないと見えなくなるからです。

上まぶたが下がるのを防ぐために、私は毎日、「石原慎太郎さんの真似」をしています。これは上まぶただけを瞬間的に、フラットのところから上に引き上げるトレーニングです。要は目をパチパチさせるわけです。

やり方のコツは、部屋の中にある少し離れたものを上目づかいの視線の目標にすること。たとえば、机の上にある電気スタンドを上目づかいで見て、すぐに下に視線をはずし、また上目づかいで電気スタンドを見て、また視線をはずす。これを何気なく、百回以上繰り返します。あくまで遊びながら、ですが。

こういうことをやらないと目がどんどん細くなり、視野が狭くなっていくような気がする。特に車を運転する高齢者にとっては視野の広さは重要です。

本来、人間の目は焦点距離を瞬間的に自動調整するようになっているし、上まぶたが上下に動いて視野を保てるようになっています。そういう本来の機能をできるだけ維持する努力は、やはり大事なんですね。

はたからは「変顔」に見えるかもしれない。私だって面倒くさいと思うときもあります。けれども半分遊び、楽しみとしての実験だからこそ、ずっと続けられているのです。

そういうことを視力に限らず、万事につけて面白半分でやったほうがいいんじゃないでしょうか。

食べるときは咀嚼力が大事

ものを食べるときの咀嚼力もすごく大事です。

年をとると、ものを飲み込む嚥下《えんげ》の機能が衰えて誤嚥《ごえん》する人が多くなって、水を飲んでも誤嚥したりします。年配者の死因の中で、誤嚥性肺炎の割合は相当多いそうです。

なぜ誤嚥するのか。それはただなんとなく、無意識に飲み込んでいるからではないでしょうか。やはり意識的に「今、食物をのどから食道のほうへ送り込むぞ」と、嚥下という行為をきちっと行うことが重要です。

人間は、口に含んだ食べ物を舌でもって左右に配分しながら咀嚼しています。普通は無意識に行っているでしょうが、いちばん体によい噛み方というのがあるはずです。たとえば、左右均等に噛む。そういうことを意識して行ったほうがいいと思うのです。

私は「咀嚼道《どう》」と自分の中で名づけて、遊びながらこうした食べ物の噛み方を続けてきました。

水を飲むときもそうです。無意識に目の前にある水をがばっと飲んでしまう。それでむせる。むせて気道に水が入って誤嚥性肺炎になる。そういうケースが高齢者に多いわけです。

それを避けるために、きちっと意識的に水を飲むようにする。ごっくんと飲み下ろすとき、スムーズにのどを通っていくと「正しい飲み方ができた」という快感があります。その飲み方、口に含む水の量や姿勢、首や口舌、のどの動かし方などを常に再現するように意識するとよいでしょう。

さらに、嚥下のあとには消化という行為があります。そういう、ものを食べるプロセスを常にきちんと意識して行うことが大事なのです。

歩行力が大事

ものを食べるときに限らず、見る、聞く、話す、歩くなど、何ごとも意識的に行う、無意識に行わないということがすごく大事なんですね。

私は歩くことについても、どう身体の重心の移し方をするか、どう足の親指を使うかなど、いろいろ意識的に行っています。さまざまな歩き方を試しているうちに、たとえば、足の裏をローリングさせると歩行が滑らかになる、といったコツを発見しました。

今は杖を突いて歩いているので、どんなふうに杖を突くと体重の移動がいちばんいいかたちで行われるかということを、いろいろ研究しながら歩いています。そこには「今日はちゃんと歩けた」という喜びがあります。

これは自分の体を使ったいわば実験です。衰えをカバーするための努力ではあるけれども、自分の体についていろんな発見があっておもしろい。そういう努力は、やはりおもしろがってやることが大事です。

私は毎年、咀嚼や嚥下、歩行などフィジカル面のテーマを一つ掲げて、今年はこれをメインにやろうと決めています。それを楽しんでやっているので、自分では努力とはまったく感じていないのです。

こうしたフィジカル面での工夫を積み重ねることで、ボケをいい方向へ持っていけるのではないでしょうか。

それはフィジカル面に限りません。やはり万事につけ、好奇心でもっておもしろがってやるとうれしくなる。そういう喜びのプロセスがよりよいボケにつながると思います。

ボケの進行を遅らせる「養生」

加齢とともに肉体に起こってくるさまざまな異常がボケと直結している。そうであれば、ボケに関する「養生法」があるはずだ。私はそんなふうに考えています。

先に述べたように、養生法とは人生の知恵です。つまり医学的な健康法とは違って、生き方、暮らし方なんですね。だから「養生思想」というものもあるわけです。私の養生法はまったくの我流です。自分の実感のなかで、こういうときにはこうしようと決めて実践しています。失敗したら自分で責任を取ればいい。そう思って、何十年も続けている自分なりのトレーニングもあります。

ボケは主に四つの衰えと関係している、と述べました。それは聴力、視力、咀嚼力、歩行力の衰え。私はこの四つをちゃんと鍛えていれば、ボケの進行はかなり遅らせられると考えています。

たとえば、ボケの症状のひとつに「コミュニケーションが取れなくなる」というのがある。これは聴力の低下と密接に関係しているはずです。だから、鼓膜の柔軟性を保つようなトレーニングをしたほうがいい。

よく「教えてください」と言われるけれども、「自分で見つけてください」としか答えられません。私が毎日やっているのは、自分に合っていると思われるいろんな工夫であって、他の人に合っているかどうか、まったくわからないからです。歩行力のトレーニングも我流です。私は、歩くときに大事なのは親指の役割、と思っています。

私は偏平足《へんぺいそく》なので、足裏の内側のアーチの形成ができていない。つまり、土踏《つちふ》まずのくぼみがない。普通、土踏まずはくぼんでいて弾力性を持った部分ですが、私のそれはまったくぺたんとしています。

偏平足は足裏の内側のほうが分厚くなっていて、立っているときも歩いているときも、小指の側に体重がかかりやすい。そのためO脚、内股になりがちです。それを避けるには、未発達な足裏のアーチの傾斜を矯正する必要があると考えて、私は常に親指を意識して歩いているわけです。

この歩き方について、私はたびたび話したり書いたりしてきました。そうしたら、バレリーナをはじめいろんな専門家から「親指だけじゃなくて、小指も大事だ」とか「小指と中指と親指の三点にしなきゃいけない」とか、さまざまな意見が寄せられた。

専門的には確かにそうなのかもしれません。ただ、私は自分の偏平足の矯正について述べているわけです。つまり、親指を意識する歩き方は、あくまでも私個人の養生法です。

散歩のとき、漫然と季節の変化を楽しむという歩き方もあるでしょう。しかし私は、歩行そのものも追求したい。たとえば、足裏のどこに体重がかかっているのか、自分でいろいろ実験しながら工夫して散歩しているのです。

ボケとリベラルアーツ

近年、「リベラルアーツ」の必要性が盛んに言われています。そもそもリベラルアーツとは、古代ギリシャや古代ローマにおいて、差別される人間が不自由から自由を獲得していく過程で必要とされた学問や芸術の分野の総称です。

ボケに関する養生法、たとえば歩き方、食べ物の嚙み方、音の聞き方、ものの見方を自分なりに研究することは一つのリベラルアーツではないのか。私はそんなふうにも思うのです。

特に「ものの見方」という言葉は、多くの場合、精神的な内容としてさまざまに論じられています。しかし、精神の面からだけではなくて、自分の目でちゃんと対象を見ているか、焦点は合っているかといった肉体の面からも論じる必要があるはずです。

先ほど、年をとると上まぶたを引き上げる筋肉が弱くなり、自然に上まぶたが下がって目が細くなってきて、上方の視野が制限されると述べました。

それが精神面に及ぼす悪影響は小さくありません。たとえば、上方の視野が遮られると空模様を見づらくなります。すると「今日は晴れているな」とか「あの雲は夏らしいな」とか、そういう実感がなくなってくる。それでどちらかというと、足元ばかりを見るようになります。つまり、上まぶたの筋肉が衰えると、情報のインプットが阻害されるわけです。

加齢とともに起こる肉体的な「ものの見方」の異常によって、精神的な「ものの見方」も異常を起こす。それによって刺激が減り、ボケが進むのではないかと私は思うのです。

このようにボケを肉体的な問題、精神的な問題の両面からとらえて、それこそリベラルアーツ的に養生法を自分なりに研究していく。そういう好奇心も大事ではないでしょうか。

人生の知恵である養生法は、リベラルアーツのように、心身の不自由から自由を獲得するための営み、とも言えます。

ボケは精神的な現象ととらえられがちだけれども、肉体的なさまざまな問題と重なって悪化するところがあります。だから精神と肉体の両方、心身の問題ととらえたほうがいいはずです。

ボケは先ほど述べたように、精神的な異常ではなく「情報の欠如」ととらえることも可能です。すると、上まぶたを鍛えて視野を広げるだけでもぜんぜん違ってくるだろう、と考えられるわけです。

そういうふうに、ボケを身体的にフィジカルなもの、特に視力、聴力、咀嚼力、歩行力の全体の結果としての精神的な現象ととらえる。しかし同時に、肉体的な現象だけともとらえない。つまり、心身現象ととらえる。これがリベラルアーツとしてのボケのとらえ方だと私は思うのです。

そうとらえると、自分の精神を生き生きと活性化するという意味で、肉体的な諸条件をおもしろがって養生していくことができるようになると思います。

体を目覚めさせることによって、こころは生き生きとしてくる。だからこそ、おもしろがって養生することが大事なのです。

精神と肉体の微妙な絡み合い

「野口整体」の野口晴哉さんは、よく「ごほん、といったら喜べ」とか、「風邪と下痢は体の大掃除」と言っていました。

肉体に異常があると、その異常を正すためにさまざまな現象が起きてくる。たとえば、風邪を引くというのも矯正作用の一つである。ただ、風邪を下手に引くと悪いことが起こる。だから上手に風邪を引いて、上手にそれを抜ける。そうすると、風邪を引く前よりもはるかにコンディションがよくなっている自分を感じることができる。下痢も胃腸の一つの矯正作用である、と。

とてもおもしろい発想だと思うし、自分の養生法に取り入れています。

そのほかにも、私の養生法にはいろんな過去の日本的な発想を加味しています。大正から昭和にかけて「修養」という言葉がブームになった時期があります。私の父親の世代は坐禅をよくやっていました。そういう精神鍛錬や健康法をひっくるめて修養と言っていたわけです。

私は大正時代に流行した「岡田式静坐法」の呼吸の仕方とか、古いところでは白《はく》隠《いん》禅師の健康法である呼吸の仕方「内観の秘法」や気を巡らす「軟酥《なんそ》の法」とか、ひと通りおもしろがって自分で試してみました。

また禅と言うと、一般的には、ただ座っているだけというイメージですが、中国の古い禅寺には「歩《ほ》禅《ぜん》」という、うろうろ歩きながら行う禅、あるいは「寝《ね》禅《ぜん》」という横に寝転がって行う禅もあるらしい。そういうのも試したことがあります。

その結果、何がわかったか。昔ブームになった修養には一面の真理があるということ。それは「人間は精神と肉体の微妙な絡み合いの中で暮らしている」という真理です。
あの人がああ言っているから、この人がこう言っているからと、身を任せているだけだったら、そういう真理には気づけなかったと思う。やはり自分でおもしろがって試してみることが大事なのでしょう。

おもしろがって養生する

要するにボケに関する養生法は、おもしろがっていろいろ試してみることが基本なんですね。ボケを加速させずにすむから努力するのではなくて、おもしろいからやるのです。

おもしろきこともなき世をおもしろく

幕末勤王の志士・高杉晋作の歌の一部です。やはり人生、おもしろいことなんてあまりない。憂きことばかりなのが現実でしょう。

しかし、その中でも自分でおもしろいことを見つけようとする。すると、自分の肉体という小さなものの中にも、いろんなおもしろいことがたくさんあると気づくはずです。

先に述べたように私は、人間はボケるのが必然である、ボケは避けることができないもの、ボケは正常な人間の過程であるというふうに考えています。

人生百年時代と言われている中での、一つの高齢化現象としてボケがある。私はそんなふうに認識しています。

ボケは加齢にともなう人間の老化の正常な活動の一つ。ボケることは人間の正常な成り行きである。そこには、ゆがんだボケも、伸び伸びとして周りを和ませるボケも、本人が納得するようなボケもあります。

だったら限界があるだろうけれども、できるだけよい方向へボケていける。そして、そこには主に視力、聴力、咀嚼力、歩行力が密接に関係している。これが私の仮説です。

ボケを精神的な活動だけ、あるいは肉体的な活動だけでとらえずに、その両面、人間の高齢化にともなう心身活動の一つとしてどう向き合っていくか。そういう養生法を一生懸命研究して、いろいろ試しています。

ただし、ボケの養生法を無理に努力してやるというのでは楽しくありません。「趣味は?」と尋ねられたら「ボケ養生です」と笑顔で答えられる。そんな感じでおもしろがってやる。そのほうがやはり楽しいのではないでしょうか。

私の養生法は、あくまでも自分だけに通用するやり方であって、いわば独断的養生法です。だから参考程度にとどめてほしいと思います。

私がやっていることをそのまま真似してもおもしろくないし、長続きしないでしょう。自分で自己流の養生法を作り出してやるからおもしろいし、持続できるのです。

私は自分だけの養生法を義務ではなく、好奇心でやっています。ただし、それを毎日のように続けていくためには、やはり努力も必要です。

たとえば、私が習慣にしている毎日の散歩。朝起きたら近くの公園を一回りしてくるのですが、公園に出入りする三十段の階段は三つのブロックに分かれています。一ブロック目が十三段、二ブロック目も十三段、三ブロック目が四段。つまり絞首台、絞首台、死。じつに縁起の悪い数字なんですね。

毎朝、その不吉さをおもしろがりながら散歩に出かけています。けれどもやはり面倒くさい。だから朝起きて雨が降っていると、すごくうれしいのです。雨が降っているときは、足元が滑って危ないので散歩は中止と決めています。

今日はやめておきたいなと思うときでも、晴れていたら頑張って公園に行くわけです。何ごとも持続するためには、そういう小さな努力、小さな辛抱が大事になってきます。

その裏返しで、小雨が降っていると本当にほっとするわけです。「あー、今日はあの縁起の悪い階段を上らなくてすむ」と。

養生は毎日の生活です。だから持続が大事。ただし、百年一日のごとくに同じことを繰り返しているだけじゃダメなんですね。右手に持続、左手に変化。両方が大事になってきます。

時には持続していることに変化を加える。そのかね合いが難しいけれども、変化は持続するためのコツだと私は思うのです。

第四章　知的活動を続ける

「物忘れ」との向き合い方

一般的にボケの状態には、「物忘れ」の様相が半分ぐらいありそうです。残りの半分は徘徊などの行動の逸脱。私たちはこういう「症状」をボケと呼んでいます。

ただ関西では、よく「どうしようもないやつ」に対してボケという言葉が使われます。「このボケ!」などと怒鳴るときには、ほとんどの場合、物覚えが悪いといった意味じゃない。

それもあって、ボケは差別語に当たるのではないかということで、公の場では、ボケという言葉を使わない方向に変わってきたと思います。昔は「痴呆症」だったのが「認知症」に変わったのも同じような理屈でしょう。

さて、ボケの代表的な症状は「物忘れ」です。近年、あまり聞かなくなりましたが、以前は「健忘症」という言葉がよく使われていました。

健忘症は大きく分けると、「前向性健忘」という前向きの健忘症と「逆行性健忘」という後ろ向きの健忘症、この二つの症状があります。前向性健忘は、たとえば今日のお昼に何を食べたのか、そういう新しい記憶が出てこない。逆行性健忘は、たとえば昭和二十年の終戦のときにどこで何をしていたのか、そういう古い記憶が蘇ってこない。

もちろん物忘れは、高齢者に限るものではありません。若い人でもそうです。たとえば編集者と話をしていると、「あの人の名前、何でしたっけ?」と固有名詞が出てこないことがよくある。それで、あわててスマホを取り出して調べたりしています。

顔も声もちゃんと浮かぶし、身振りまでちゃんと見えるのに、その人の名前が出てこない。本当によくあることです。

ご婦人方が集まって喫茶店でおしゃべりをしている。

「ほら、あの人」

「そうそう、あの人ね」

「あの人、どうしても名前が思い出せないのよ」

「顔までは浮かぶんだけど」

「いやだー、みんなボケたわね」

このへんで大笑いになるけれども、確かにボケの一つの兆候ではあるでしょう。

高齢者にとって、物忘れはいちばん初歩的なかたちでボケを意識する始まりです。私も物忘れはしょっちゅうあって、ボケの入り口に立っているのではないかと思ったりします。

こうした固有名詞の記憶の喪失が初歩のボケだとしたら、それに対してどうするか。「放っておく」というのがいちばんよくないと思います。

その場にいるみんなが思い出せないのだから「まあ、いいか」と、自分も思い出さないままにしている人が多いのではないでしょうか。どうも物忘れは伝染するようで、ひとりが思い出せないと言い出すと、みんな一斉に出てこなくなる。

やはり何とかして記憶を探し出したほうがいいと思います。自分で調べるとか知っていそうな人に電話をかけて聞くとか、とにかく執念深くちゃんと思い出したほうがいい。「放置しない」というのは、ある意味、現実的なボケ対策の一つの戦略と言えます。

生の記憶と装飾の記憶

年をとると、昨日のことを覚えてない、今朝食べたご飯のおかずを覚えていないといった物忘れは、しょっちゅうあります。

私も今日の約束の時間を忘れて、五時だったか六時だったか、それとも五時半だったかなどと確認することがよくあります。

こういう近い時間の記憶喪失がある一方で、自分の子どもの頃などを覚えていない遠い時間の記憶喪失もあります。

出会った高齢者、あるいは私自身のことを考えると、どうやらその二つの記憶は両立しない。昔のことをすごくよく覚えている人は、今のことが曖昧。今のことについてシャープな人は、若いときの話を聞いても漠然としています。

曖昧な記憶をはっきりさせるには、自分の記憶を繰り返し人に語るとよいと思います。

私は以前、「引き揚げ文化センター」というものを作ろうとしたことがあります。録音機「デンスケ」を抱えて、長野県のいろんなところに通った。開拓民として満州（中国東北部）に行って、戦後に悲惨なかたちで引き揚げてきたという人たちを訪ねたのです。

本当に大変な体験をしたに違いない人は、当時のことを話したがりません。「まあ、いろいろございました」みたいな感じ。「おかげさまで今は何とかこうやって生きとります」と。

その人が絶対に言わないと封印した生の記憶を、ふたを開けて話させたらすごく迫力があります。ただ、かなり難しい。いわゆるルポルタージュのプロは、記憶のふたを開ける技術に長けた人なのでしょう。

口をつぐむ人たちは、その当時のことをもう忘れたい。だから、話すことで悲惨な記憶が再生されることが嫌なのです。語らないまま、自分がどんどん忘れていくのを待っているわけです。

一方で、講釈師のような手振り身振りで、ソ連軍の戦車が小学生たちをひき殺した惨状などを絵に描くように、ものすごく生々しく語る人もいます。

そういう人の話は、どこかに修飾が入っている。つまり、話を盛っているところがあるんですね。繰り返ししゃべっているうちにどんどん話がうまくなっていく。だからかえって信用できないところがあるわけです。

記憶を繰り返し語っていると明確になってくるけれども、必ず人工的な操作が入ってくる。この点には注意が必要でしょう。

その意味で、いわゆる「おしゃべり」には気をつけたほうがいいと思う。何十遍も語っているうちに、どんどん装飾が加わって構成されがちですから。しかし、語らないわけにはいかない。

ただ、臨済宗中興の祖と言われる白隠禅師は、著書『槐安国語《かいあんこくご》』の中で「君看《み》よ、双眼の色、語らざるは愁《うれい》なきに似たり」と記しました。

意訳すると、あの人の目の色を見てごらんなさい。辛かったとか大変だったとか一言も口にしない。けれども黙っているだけに、心に抱いている悲しみ、痛みがそくそくとしてこちらに伝わってくるではありませんか。

そういう場合もある。だから語ればいいというものでもないんですね。

「歴史的健忘症」を憂う

今の記憶がはっきりしている。その代わり、昔の記憶は忘れている。これは「人」に限った健忘症ではありません。

たとえば、八月十五日。私たちの世代にとっては、その日付を見聞きするだけでドキッとするような重さがあります。

今年の八月十五日に、先の大戦関連の記事で埋め尽くされているだろうな、と思って全国紙五紙を広げてみたら、意外にもそんなことはありませんでした。体験談みたいなものでお茶を濁している新聞ばかりでワンパターン、拍子抜けでした。

戦争の記憶、敗戦の記憶を忘れようとしているというよりも、もう忘れられているのではないでしょうか。

五月一日のメーデーの紙面もそうでした。昭和二十七年五月一日に「血のメーデー事件」が皇居前広場でありました。一行ぐらい出てくるかなと思って五紙に目を通したけれども、ほとんどなかった。今のデモの報道もありませんでした。

「血のメーデー事件」は戦後を代表する大変な出来事です。日比谷公園にいたデモ隊が皇居に乱入しようとした。それで警官隊が、ピストルを上に向けて撃つ威嚇射撃ではなく、戦後初めて群衆に向かって水平射撃をした。主催者の発表によると、デモ隊側は死者二人、重軽傷者六百三十八人。警察側は負傷者八百三十二人でした。

私は当時、大学に入ったばかりです。駆けつけたら日比谷から有楽町まで煙が漂っていました。第一生命のあたりの自動車がもうもうと煙をふいていて、のちに思い返すと、ベトナムの戦場のような感じでした。

それだけの大きな出来事にもかかわらず、私の記憶には残っているけれども、今の五月一日の新聞には一行も出てこない。

もう血のメーデー事件を体験した人たちがほとんどこの世にいないのでしょう。その意味では、記事にならないのも当然と言えなくもない。

しかし、そういう過去を語れる人たちがいなくなっているとしても、これはいわば歴史的健忘症です。それをジャーナリズムが自ら進んで患っているような感じがする。この国はボケてきたのかもしれません。

時代も国も国民も、ボケるということがあるのです。昨日のことはよく覚えているけれども、何十年も前の話はまったく知らない、ボケた社会。

そうならないためにはどうするか。歴史的記憶は常にリフレッシュする必要があります。つまり、昔のことを冷静に淡々と、話を盛らずに語れる年長者の存在がすごく大事になるわけです。

目の前のことがスムーズにできない年長者でも、昔のことは明瞭に語れる。これは一つのよりよいボケかただと思います。そのために、やはり努力をしてほしいのです。

先ほど述べたように、過去の記憶を明確にしておくには、人に語る必要があります。ただ、昔話をすると「もうおじいちゃん、その話は三度聞いたわよ。こうなってこうなって、最後はこうなるんでしょ」などと孫に嫌がられたりする。

しかし、そうなるのは話し方に工夫がないからなんですね。昔話をするときに大事なのは、起承転結、おもしろく、新鮮な構成でもって語っていくことです。前と同じように話を繰り返してはダメ。それは怠惰であり、いわば悪いボケです。

常に現在の視点から過去の出来事を分析して、今の若い人たちにも関心を持たれるような語り口で昔話をする。そういう努力をすることも、私の言う、よりよいボケかたなのです。

記憶の不思議

ふっと固有名詞の記憶が蘇ってこないと、誰しも日常的にボケを感じるのではないでしょうか。二十代でも「あのアイドルの名前が出てこない」などと言っている人がいます。

ただ年をとってくると、親しい友だちの名前も出てこなくなる。私もしょっちゅうそういうことがありますが、絶対に「まあ、いいや」と放っておかない。自分の記憶の中から遠ざかっていった固有名詞があると、改めて調べ直すとか、しつこく回復するようにしています。

やはり記憶の引き出しを開けないとさびてくるんですね。体は放っておくとどんどん退化していく。だから鍛える。それと同じように、記憶もちゃんと鍛えていく必要があるのです。私は出てこなかった人の名前を手帳にずらっと書いて、ときどき眺めて鍛えています。

記憶を保つ方法にはナラティブ化（物語化）もあります。忘れないためには、一つのストーリーとセットで覚えておくといいと思う。たとえば、繰り返し忘れがちなのは、背後に物語がない名前です。あの人とはあのときにこういうことをしたというストーリーがあると、すっと名前が出てくるものです。

しかし不思議なことに、親しくつき合っている大事な友だちであるにもかかわらず、出てこない名前というのがあります。一方で、あまり縁のない、どうでもいい人の名前は明確に覚えていたりするのです。

どうしても覚えられない、すぐ忘れてしまう有名な著者の名前というのもあります。書きとめても繰り返し忘れる人の名前。こういう「記憶の遠近感」はどこからくるのか。我ながらすごく不思議なんですね。

ボケと回想

認知症のリハビリ療法には「回想法」というのがあります。昔の思い出話をすると、精神的に安定してきたり、認知機能にもよい影響があったりするそうです。

しかし、漠然と昔の記憶を話そうとしても、うまく思い出せないでしょう。

私は昔、『夜明けのメロディー』というペギー葉山さんの歌を作詞したことがあります。

還らぬ季節は　もう　忘れてしまえばいい
すてきな思い出だけ　大事にしましょう
そっと口ずさむのは　夜明けのメロディー

夜明け前、懐かしい歌を口ずさむと昔の楽しい記憶が蘇ってくる。そういうふうに、回想をするには懐メロのような「依代《よりしろ》」が必要なのです。依代とは本来、神霊が乗り移る物体。植物や石、シャーマンなどをさしますが、私は、記憶を引き出す糸口になるものをそう呼んでいます。

新聞を見ていると、昭和の名曲CDの全面広告が盛んに載っています。きっと高齢者にとって回想の依代なのでしょう。当時の歌を聴くと、若かりし頃が彷彿《ほうふつ》としてくるわけです。

ただ、無理やりに自分の苦しかった時代のことを回想する人はいないと思います。どうせ回想するなら楽しかったこと、幸せだったことがいいに決まっている。腹の立つことや自分の失敗などを思い出すのは、やはり精神衛生上、よくありません。

また近年、一般の人たちの間で「回想録を書こう」という流行があるようです。漠然と自分の中で昔を思い出すだけの回想、布団の中でうつらうつらと思いをはせるといったかたちでは限界があります。何か頼まれて過去の記憶をしゃべる、若い人に昔の話を聞かせる、あるいは思い出を文章で発表する。そういう外部に放出する機会や目的がないと、やはり熱心に思い出そうとはしないものです。

わざわざ本などにしなくても、家族にあてた原稿でもかまわない。回想録を書くことは、過去の記憶を浮かび上がらせる一つのよいきっかけになると思います。『ゴルバチョフ回想録』（新潮社、一九九六年）など、政治家が書いた回想本はすごくぶ厚い。後世に伝えたい記憶がふんだんにあるのでしょうが、読んでいると相当わずらわしい。かえって普通の人の回想録のほうが、コンパクトでおもしろい読み物になるかもしれません。

「便利」がボケを早める

最近、スーパーで買い物をしてレジに進んで、ポケットの財布から千円札と小銭を出して、いちいち勘定していると、後ろの人がイライラしているのが伝わってきます。みんなカードやスマホをぱっとかざして会計をすませるから、手間どっている人間を嫌うわけです。会計をさっとすませるのが今やマナーになっています。

無人の店舗で好きな商品を取り出して、そのまま持って外に出るとスマホから自動的に会計される。そんなレジのないスーパーやコンビニも出てきました。

ただ、便利が行き届きすぎると、人間はどんどん怠惰になっていくものです。人間の知的活動は便利と反比例するとも言えます。

「財布に小銭が増えたら、ボケを疑いなさい」と、ものの本によく書いてありますが、その逆を今の社会は自ら進んでやっているのではないでしょうか。カードやスマホにお任せで買い物をしていると、早くボケる気がします。

確かに、いちいち端数を計算して五円玉、一円玉を数えて出すのは面倒くさいし、周りからも嫌がられるからお札だけを出しがちです。しかしボケ予防のためには、やはり現金で勘定したほうがいいと思うのです。

自動運転も人間の労力をどんどん減らす技術でしょう。完全に自動運転の社会になったら悪いボケが増えそうですね。

私が頻繁に出かける書店も「便利」になっています。たとえば、本屋さんでも大きな店はほとんどセルフレジです。みんな自分で本のバーコードにスキャナーを当ててピピっとやっている。

以前は、若いきれいな女性の係に「カバーをおつけしますか」と聞かれて、そこで一言、二言、会話を交わしてうれしかったものです。もうそういうこともありません。

始まりはコロナ対策に導入した「接触機会を減らすためのニューノーマル」だそうで、それがすっかり定着したわけです。私には便利とも快適とも感じられないし、ボケを早めるだけとしか思えないのですが。

生成AIに『長編小説』は書けるか?

昔の読み書きそろばんと一緒で、今やパソコンやスマホを使えないと社会で生きていけないぐらいの時代になっています。それは高齢者にとって力になっているのか、いないのか。

私が心配するのは、どんどん技術的に便利になっていくにしたがって、人間の知的活動がいらなくなるという可能性なんですね。

たとえば、生成AIです。人工知能が自動的に文章を書くChatGPT(チャットGPT)を使えば、あとから手を入れるにしてもレポートの類いは簡単に書けるでしょう。実際、ビジネスの現場ではどんどん導入されているそうです。

書き手はフォーマットを作るのにいちばん苦労します。大まかなところができさえすれば、部分的に文章を推敲するのは楽なものです。

私は今、五十五年ほどかかっている未完の小説『青春の門』の最終巻を「元気なうちにまとめてくれ」と、出版社から言われています。この間、なんとなく登場人物を数えてみたら二百人ぐらいいました。そのひとりひとりにちゃんと、この人は死んだとか何をしているとか、結末をつけなければいけない。それを自分の頭の中だけで考えていると、すごく大変です。

そういう作業にチャットGPTは役立つだろうなとも思いますが、私は使わない。と、いうよりパソコンが苦手で使えないんですが。

けれども、すでに文章や画像、音楽などを生成するAIをアシスタントのようにうまく使っている作家や画家、作曲家はかなりいると思います。

男と女、早くボケるのは?

男性と女性で、何かボケかたに違いはあるのでしょうか。ちょっと考えると、過酷なビジネス社会で荒波を切って頑張っている男たちのほうがボケにくい気がします。

しかし、定年退職でその世界から一挙に離れたあとはどうか。毎日、新聞のチラシを見比べてどこのスーパーがいくら安いなどと、敏感に頭を使っている女たちのほうがボケにくそうです。

ただし、定年退職してゴロゴロしている旦那さん。それがうっとうしくて「なにかやりなさいよ」と口うるさい奥さん。これはひと昔前の風景でしょう。今はそういう余裕がありません。

二〇二二年の年齢別就業率は総務省の発表によると、六十五〜六十九歳が五〇・八%、七十〜七十四歳が三三・五%。旦那さんも第二の職場で、かなり高齢まで働くというケースが多いのです。

いずれにしても日常の過ごし方が大事です。たとえば、歓談する機会が少なくなるとよくないと思う。人と会って話をすることはやはり必要でしょう。

ある有名な数学者は「一日に知らない人と三人、必ず口をきく」と決めているそうです。ひとりと話したら手帳に印をつける。タクシーの運転手さんに世間話を仕掛けて、これでふたりと。なかなか三人目と話せなくて、わざわざレストランに入って、ウェイトレスさんに「あなたはどこの出身?」と聞いたらすごく嫌がられた。そんな失敗もあるらしい。

ひとり暮らしの高齢者は人と話す機会がどうしても少なくなります。しかし、誰かと話したい。電話がかかってくるだけでうれしくて、飛び上がって電話に出る人がたくさんいる。

だからオレオレ詐欺がなくならない。「自分は引っかかるはずがない。ちょっと話すだけなら大丈夫」と、つい「相手」と話し込んでしまうわけです。

多くの人と接して会話を交わすだけがボケ予防ではないでしょう。実際、兼好法師のように林の中にひとりで住み、竹の音や風の音を友として暮らしていても、最後まで知恵がさえている人たちはいます。

一方で、たとえばテレビ局で働いている人は、番組の出演者やスタッフ、プロダクションの関係者、局に出入りする業者など、絶えずいろんな人たちと接触しています。下手をすると一日に百人以上と口をきくかもしれない。それだからボケないかというと、そんなことはありません。

要するに、多くの人としゃべればボケないというものではない。けれども誰かと雑談をすることはすごく大事。そういうことなんですね。

仕事は続けたほうがいい

中国の公園では、よく将棋やマージャン、太極拳などをやりながら、年配の人たちがおしゃべりをしています。

そういうふうに高齢者が集まって雑談する場所が今の東京にあるでしょうか。昔は銭湯がおしゃべりの場だったけれども、今は銭湯も少なくなっています。将棋道場や碁会所も少なくなったし、今は藤井聡太さんみたいになる強い子どもがたくさんいて、高齢者は相手にされないかもしれません。

かといって、雑談のためにボランティアをするというのもどうかと思います。それでも行く場所がある人はまだましです。趣味のない人は定年退職したあと、本当に困ってしまうでしょう。

その意味でも、仕事はできる限り続けたほうがいいと思います。人生百年時代ですから、出版業界でいえば、九十歳の編集者がいてもおかしくない。なにせ執筆者の私が九十二歳ですから。

高齢者はどちらかというとフィジカルな意味での健康法に一生懸命な人が多いようです。

私は足が悪くなって病院に行ったときに「プールに行って水中歩行でもなさったらどうですか」とすすめられました。

しかし、友だちに「どこかあるかね」と聞いたら、「冗談じゃない、あんなところに行っちゃダメだ」と忠告されました。「年寄りが行列を作って水の中を歩いていて、ぜんぜん泳げない」と。

「あれしちゃダメ、これをしろ」とうるさく言われる中で、医師の和田秀樹さんみたいな人が「八十過ぎても運転免許は返さなくていい」とか「たばこもお酒も好きなようにやれ」とか堂々と言ってくれる。すると、やはりうれしい。

昔は医師の近藤誠さんなどがそういう説を唱えていました。八十過ぎたらもう好きなようにすればいいんだというのは、開放感があってうれしいのです。

この間、あるホテルのロビーで人と待ち合わせをしました。周りにも六人ほど人待ち顔がいて、新聞を読んでいる人が一人、二人いてもよさそうなのに全員スマホを見ている。スマホは時間つぶしにもってこいなのでしょうが、ちょっと異様な感じがしました。

電車でも新聞を広げている人を見かけなくなりました。みんなスマホ。そのうち「新聞を広げるなんて迷惑行為だ」と怒られそうです。

それはともかく、新聞を読むのはボケ予防に有効だと思います。ただし、ぴたっと合った老眼鏡がないとダメです。

いい加減な老眼鏡を使っている高齢者が案外、多いようです。やはり眼鏡屋さんでなんとなく買うのではなく、きちんと眼科で視力の検査を受けて、カルテを書いてもらって、それを眼鏡屋さんに見せて最適のものを買う。そのほうがいいでしょう。

多少お金はかかるけれども仕方がない。やはり目や耳といったフィジカルの問題もボケを左右しますから。

知的活動を維持するには?

新聞の投書欄を見ていると、生きがいのように俳句や川柳を作って投書している人がいます。そういう趣味と出合った人はすごく幸せだと思う。半年に一度採用されるだけで、天に昇るぐらいうれしいでしょうから。

大好きな趣味を持っていれば好奇心、物事への関心を常に持っていることができるはずです。これは知的活動を維持するためにとても大事なことだと思います。

しかし、年をとると前頭葉が衰えてきて、「もういいや」というモードになってきて、好奇心や物事への関心が薄れがちです。それをどう維持するのか。

たとえば、補聴器や眼鏡、車椅子などは好奇心をサポートする装置と言えます。そういうものは積極的に活用したほうがいいでしょう。パソコンも好奇心の装置になりえると思う。自分は苦手でも若い人にやってもらったらいいでしょう。

ただ「もういいやじゃダメだ」と、自分を励まして何かしようと思っていても、実際の行動に移せない意志の弱い人はたくさんいます。

百メートルを走るのが速い人と遅い人がいるのと同じで、人間の性格はさまざまです。身長を高くしようと思ってもどうにもならないように、意志の弱さを努力してどうにかしようと思ってもどうにもならない。そういう面があります。

つくづく人間は不平等なものだと思いますが、それでも、自分なりに努力できることはいろいろあるはずです。

知的活動を続けようと努力するためには、やはり「情熱」が必要なのかもしれません。

親鸞は八十歳を過ぎてからも仏教をほめたたえる歌、「和讃《わさん》」をたくさん残しました。体力的にも思考力的にも衰えて、『教行信証』のような一大論文を書くのが困難になってきた。そういう老いも親鸞が晩年に和讃に傾倒した一つかもしれません。

実際、親鸞が後半生に作った何百という歌のうち、今でもいくつかは浄土真宗の婦人会などいろんな人たちに歌われています。

智慧の光明はかりなし
有量《うりょう》の諸相ことごとく
光暁《こうきょう》かぶらぬものはなし

真実明《みょう》に帰《き》命《みょう》せよ
（『讃阿弥陀仏偈和讃』より）

このように親鸞の和讃は四行詩です。これは平安中期から鎌倉初期に一世を風靡《ふうび》した「今様」のスタイルなんですね。今様はいわゆる流行歌で、その時代、熱病のようにみんなに歌われました。「白拍子《しらびょうし》」の世界、現代で言う風俗の世界からボウフラのように発生して広がり、貴族社会でもって洗練されました。

遊びをせんとや生まれけむ
戯《たわむ》れせんとや生まれけん
遊ぶ子供の声きけば
我が身さへこそ動《ゆる》がるれ

（『梁塵秘抄』より）

代表的な今様の歌詞です。親鸞は一一七三年生まれですから、その流行を子どものときに知っていて、ずっと耳に残っていたわけです。

晩年、親鸞が和讃を書くにあたって今様のスタイルを踏襲したのは、子どもの頃の記憶がよみがえってきたからでしょう。

親鸞の晩年の言動を通じて、人間は論理性が衰えても、人びとに語りかけたいという意欲、あるいは記憶や情感というものが最後まで残っている。そういう「希望」が得られるのです。

年をとって論理性が衰えても、全面的になくなるわけではない、と私を励まします。

「まだらボケ」という言い方があるように、ある面に関してはボケているけれども、別の面に関してはしっかりしている、ということがあるわけです。

たとえば、親鸞は八十五歳のときに「目もみえず候ふ、なにごともみなわすれて候ふ」と、信者にあてた手紙の結びで言っています。けれども同じ手紙の中で、宗教的な論争みたいなものに関しては理路整然と記しているのです。

脳を含めた肉体面は四十代、五十代と八十代、九十代とが違って当たり前でしょう。それでも親鸞の場合、専門の世界についての知的活動は衰えなかった。彼のように、最後まで精神そのものがしっかりしている可能性は誰にでもあるはずです。

知的活動とはつまり「語り」である

親鸞は最晩年、和讃も書けなくなりましたが、いわゆる対談と講演は続けました。これはブッダに倣った知的活動のかたちと言えます。

ブッダはその生涯において何をしたか。簡単に言うと、歩いてガンジス川の流域を行ったり来たり、旅をしながら「問答」と「説法」をひたすら繰り返しました。問答とは、人から何か質問を受けて議論すること。今で言う対談です。説法とは講演です。

ブッダ自身は何も書き残していません。その問答や説法を弟子たちがまとめたものがお経です。

要するに、仏教において口頭で行う問答つまり対談、説法つまり講演は、ものを書くことよりも、はるかに原初的、根源的な大事な知的活動なんですね。

ブッダの弟子たちは昼間、ブッダの問答や説法を聞いて、夕方になるとみんなで集まってそれぞれ意見を交換していた、と想像できます。

「今日、先生はこんなことをおっしゃったよ」

「いや、それは違うんじゃないか」

「確かに、ちょっと皮肉な顔をしておっしゃっていた」

「だったらあれは反語で、こういう意味になるね」

「なるほど」

そんなふうに議論し合いながら、その日、ブッダの語った問答や説法を口頭で短い言葉にまとめていくわけです。ただ、単調な言葉だけだと記憶するのが難しい。だからそれを詩のかたち、つまり和讃のようなかたちにして、それにメロディーをつけて、歌って記憶するわけです。

それを「偈《げ》」と言います。

偈とは、曲を持った詩、つまり歌の言葉です。当時は誰も文字で記録しようとはせず、記憶の中だけでブッダの話を歌にまとめ、それを覚えていきました。

ブッダの生前はもちろん、死後もしばらくは肉声の言葉や歌で、その教えが伝えられます。しかし、ブッダの死後百年、二百年とたって、記憶だけでは曖昧だからそれを文字にしようという話になった。それで有志が集まって文書化するようになる。そうやって最古の経典といわれる『スッタニパータ』など、各地でいろんなお経が作られたわけです。

仏教学者の中村元《はじめ》さんが訳した『ブッダのことば：スッタニパータ』（岩波文庫、一九八四年）を読んでいると、同じことを繰り返し書いているように見えて「何だ？」と思います。

しかし、それはビートルズの歌と同じでリフレインなんですね。みんなで合唱するときは、さわりの部分を何度も繰り返し歌う。そういう歌詞として考えれば「なるほど」と納得がいきます。

私は昔、隠れ念仏の取材で、大隅《おおすみ》半島の一部（鹿児島県霧島市）に残る「カヤカベ教」の教祖を訪ねたことがあります。経典は一切ない。代々の教祖が全部記憶で口伝えしてきた、いわば異端の仏教です。お願いすると三時間くらい、ばーっと口述をしてくれました。

もう伝承する人がいないから滅びるでしょうが、そういう口伝が宗教の基本的スタイルと言えます。つまり表情や身振り、声色などを含めて、肉体的に語られたことが真実にいちばん近い。お経、あるいはバイブルといった文書は「語り」の代用品に過ぎないわけです。

宗教も含めて思想というものは、根本的には語りの中から伝えられてきたものが、あとで文字化されるものなのでしょう。グーテンベルク以来、活字文化が発展しましたが、やはり文字は肉声の言葉の代用に過ぎません。本来、文字の世界はあとからのもの、第二の表現であり、第一の表現は語りの世界なのです。

私は昔から対談の仕事を、執筆の時間を割いてでも引き受けてきました。自分が何をやったか振り返ると、いちばんは、たくさんの人たちと語り合ったことです。

この間、寝る前にこれまでの対談相手をふっと書き出してみた。七百人までいっても終わらないので、途中でやめて寝ました。

二十五年続いたTBSラジオの『五木寛之の夜』で毎週ゲストを招いていました。同時期には『週刊読売』で毎回違う人と対談する連載も持っていた。そうすると、一ヵ月に十人ほどと会うわけですから。

私は人と会って語り合うことを、またとない学びの機会ととらえています。実は、私はあまり本を読んでいなくて、「耳学問」を自認しています。いろんな碩学《せきがく》の先生方と会って、直接議論しながらたくさんのことを学んできました。

それは今もまったく変わりません。やはり活字はおしゃべりの代用だと思うのです。

活字になると、ものすごく大事なものが失われる感じがします。言葉は論理的に整えられるほど、生き生きしなくなる。たとえば、活字ではオノマトペ（擬音語、擬声語、擬態語）が削られがちです。しとしと、ぎゃーぎゃー、ぐんぐんとか、そういうものを使ったほうが、話じたいはどんどん生き生きしてくるわけです。

近代の歴史は、活字に対する偏重から成立してきていると言えます。一方で、チャットGPTなど人間以外との対話が生まれています。それが人間の言葉にどう影響してくるか。私はチャットGPTを使わないけれども、そういう点は注目しています。

幸い私は、まだ対話力の衰えを感じていません。少なくとも過去の記憶の引き出しがあるぶん、重層的な対話ができていると思っています。

やはり、若い人よりも年配の人との対話のほうが話は通じ合います。ただ、話が盛り上がる年下の相手もいます。たとえば、クレイジーケンバンドの横山剣さん。

私は以前、『こころの雫《しずく》～平成和讃』という森進一さんのアルバムの作詞とプロデュースを担当したことがあります。ヒットするような歌ではなかったけれども、内容的にはかなり色濃いアルバムだったと自負しています。

横山さんと月刊誌『小説幻冬』で何度か対談したのですが、横浜と歌という共通点もあり、二人でいつか「エキゾチック横浜」というタイトルの本とアルバムを作ろうと盛り上がりました。

また今、『昭和万謡集』という歌集を編纂したいと思っています。各界の識者に呼びかけて、千年先まで残る昭和歌謡の名曲を選んでもらうつもりです。国民みんなが口ずさめる現代版の『万葉集』。それは和歌でもなければ俳句でもない。やはり歌謡曲、流行歌なんですね。ニューミュージックも当然入ってくるでしょう。

こういうプロジェクトは『万葉集』がそうだったように、本来は国の仕事だと思います。しかし国がやりそうにないから、民間企業の出版社でやる予定です。

歌は生きる力

晩年の親鸞が和讃に取り組んだのも、知性的な論理力が衰えたからではなく、ようやく「原点」にたどり着いたという感じもします。

仏教の布教の最初のあり方は、ブッダが霊鷲山《りょうじゅせん》という山の上でお説教をする。それを何百人かの人が集まって聞く。そのあとで、仲間内で「ブッダはこういうことを話された」と検討する。それを偈、つまり何行詩かにまとめて、ふしをつけて歌として暗記するというかたちです。

そして、偈を覚えた人たちは休みの日にバザールみたいなところに出かけて、人の前で歌ってブッダの教えを披露するわけです。

こっちに蛇使いがいる、こっちには手品使いがいる。そういう中で、まずバーッと法螺《ほら》を吹き、ダダダーンと法鼓《ほっく》を鳴らして人を集める。法螺は巻き貝のホルン、法鼓はドラムです。法には「真実」という意味があります。

人が集まったところで、自分たちが暗記したブッダの教えを歌いながら踊る。集まった人たちは、おもしろがって見ているうちに詩（詞）とふしを覚えて、一緒に合唱するようになります。そんなふうにして仏教は広がっていったのです。

何も仏教に限りません。たとえば、ギリシャ正教（東方正教会）。ウクライナの人たちが正教会に入信した理由の一つは、典礼儀式の荘厳さと美しさにひかれたからと言われています。

正教会の大きな特徴は、楽器を使わずにアカペラで讃美歌をコーラスすること。典礼儀式の魅力は、その舞台である教会の建築や香油を振るといった所作、お説教などいろいろありますが、とりわけ東欧の人びとはその合唱が気に入ったようです。

そもそも宗教は歌なしに成立しないのかもしれない。そういう意味でも、晩年の親鸞は歌という宗教の原点に回帰したと思うのです。

浄土真宗のいちばん大事な聖典は『正信偈《しょうしんげ》』です。文字どおり正しい信心の歌であって、お経ではありません。

今でも門徒の人たちはみんな「帰命《きみょう》無量《むりょう》寿如来《じゅにょらい》 南無不可思議光《なむふかしぎこう》」と、独特のふし回しで『正信偈』を唱えます。リズムからいうとラップそのものです。

ブッダの教えを歌い踊って、周りの人たちがそれに唱和してどんどん広がっていった。これが仏教の起源だとすれば、親鸞が最後に和讃に到達したのは、論理的にも知性的にも最終段階に入り、歌という原点に戻ったと言えます。

仏教を人びとに歌を通じて語り続けた親鸞の晩年。それは論文を書けなくなった代わりではなく、最終段階として歌を選択した、ということなのでしょう。

歌は論理だけでは成立しないものです。その意味では歌の創作力、あるいは歌の記憶、歌を聴いていい歌だなと思える感受性は、年をとっても衰えないのかもしれません。

高齢者には相変わらずＮＨＫの『ラジオ深夜便』がよく聴かれています。年をとると早く目が覚める。それで家の中や近所でガサガサやっていると、家族や周りから「早く起きてうるさい」などと嫌がられます。だからベッドの中でじっとしたまま、イヤホンでラジオを聴く。

午前三時頃から日本の昔の歌謡曲、流行歌がたっぷり流れてきます。高齢者にとってはものすごくよいコンテンツでしょう。

私はウクライナ戦争のニュースを見ていて、ふっとロシア民謡の『バルカンの星の下に』が浮かんできました。「♪ここは遠きブルガリア　ドナウのかなた」という歌詞で、学生時代によく歌ったものです。第二次大戦で東ヨーロッパの戦線に行ったソ連兵たちが、故郷を思い出しながら歌ったと言われています。

今、ウクライナに送りこまれているロシア兵たちも、さぞかしそういう歌を歌っているかもしれません。

残念ながら『ラジオ深夜便』では『バルカンの星の下に』のような懐メロはほとんど流さない。ただリスナーの中には、この手の歌を懐かしむ人もいるはずです。

第五章 「刺激」を求める

好奇心を抑圧しない

「ボケることが人間の自然の流儀である」と言うと、「だったら、もう何だっていいじゃないか」と考える人もいるでしょう。

しかし私は、どうせならおもしろくボケたい。ほかの人たちに迷惑をかけたり、自分の中に忸怩《じくじ》たる思いを抱えたりというようなボケかたではなくて、周りの人の気持ちに春風が吹くようなボケかたができるだろう、そう思うのです。

悲劇をもたらすボケかたではなく、できるだけ楽しいボケかたを目指すにはどうしたらよいか。

たとえば、ボケの症状として「徘徊」は深刻な問題です。私はその原因について、脳の故障という肉体的なものだけでなく、徘徊を引き起こす最初の精神的なエネルギーがあるのではないか、と思っています。つまり、意識の中に抑圧されているものがあって、それを突き破るような意味で徘徊という行動が出てくるのではないでしょうか。

どんな人間にも、外へ出て歩き回って、いろんな知らないものを見たり聞いたりしたいという欲求、いわば好奇心があるでしょう。それは正常な人間の精神活動としてあるわけです。

しかし、高齢になってくると、旅行のような物見遊山の機会がどんどん減ってきます。そういう孤独の中で、自然な欲求の発動として、さまよい出てしまうのではないか。

そうだとしたら、しばしば外出している高齢者は、いわゆる徘徊老人にならずにすむはずです。

要するに、年をとってもできるだけ行動半径を広げることが大事なんですね。少なくとも散歩くらいは、一日の中で規則的に行ったほうがいいと思います。

私も毎朝、散歩しています。食事のあとに自分で決めた周回コースを歩くのですが、三百六十五日、同じコースにならないように気をつけている。

時には逆回りで歩いたり、脇道に入ったり、別の目的地にしたりと、しょっちゅう意識的にコースを変えています。そういう変化があったほうが精神活動のうえでよいと考えているからです。

海外旅行とか国内旅行とか、大げさなものではなくても、いつもと違う街角を曲がれば、それは一つの旅になると思う。そうすることで、好奇心を抑圧しないように、むしろできるだけ発動するようにしているわけです。

意識的に「変化」する

意識的に変化することは、人間にとってとても大事です。

車でいうと、ギアチェンジ。今はオートマチックが主流ですが、昔は全部マニュアル車で、自分でギアのシフトチェンジをやらなきゃいけなかった。そういうふうに自分の意志で生活、あるいは人生に変化を与える必要があるのではないでしょうか。

よく「規則正しい生活がよい」と言われますが、同じ生活を百年一日のごとく続けていると、徘徊をもたらすような抑圧になってしまう気がするのです。

たとえば、転居や転職は考え方によってはよい影響があると思う。違う町で暮らすと精神的な刺激があるし、リフレッシュにもなるでしょう。

私は大学進学で福岡を出て東京に暮らし始めましたが、北多摩の奥のほうから都内の中心地まで、しょっちゅう住む町を変えました。

作家になってからも東京から金沢、しばらくして金沢から横浜に移り住んだ。それで横浜から京都に移って、京都に二年ずつ二回住んだあと、また横浜に戻った。本当に転々として、そのたびに大きな刺激がありました。

転職もそうです。私は大学を出てからいろんな仕事を転々としましたが、転職するたびにいい刺激があった。作家生活の途中で休筆もして、京都の龍谷大学で聴講生として数年間、仏教の勉強をしたりしました。

そういうふうに自分の生活に変化を与え、自分で進んで人生のギアチェンジをしたおかげで、いまも働いていられるのだと思っています。

自分のライフスタイルを変化させるためには、「捨てる」、あるいは「入れ替える」ということがある程度必要になってきます。

たとえば服装にしても、百年一日のごとく同じ色の服を着ている、同じ色の靴を履いている人もいます。しかし時には、思い切ってちょっと破廉恥な格好をしてみる。そういう刺激がすごく大事だと思うのです。

私のように、若い頃に買った服や靴を入れ代わり立ち代わり身につけるだけでも、刺激になるでしょうね。

日本人は変化をあまり好まないと言われます。たとえば、単身赴任が悲劇のように語られたりする。しかし、時には一人で暮らすのも悪くないことなのです。

生活に変化をつける。そのことはとても大事な気がします。

特に高齢者になると、生活が単調になりがちです。安心・安全が第一なのでしょう。いつもどおりの服を着て、いつもどおりの時間に、似たり寄ったりのメニューのご飯を食べる。接する人もだいたい決まっている。そういうふうになっていきがちです。

確かに決まりきったことをやっているほうが楽です。しかしそうではなくて、自分から変化を求める生き方もある。

よく「景色が変わって見える」と言うじゃないですか。たとえちょっとした変化であっても、大事な刺激になると思います。

読書にもそれぞれ傾向があります。伝奇小説が好きな人とか推理小説が好きな人とか、いろいろある。それはそれで結構なことです。しかし、やはり違うジャンルの本を読んでみる、違う作家の本をのぞき見してみる。この変化がすごく大事なんですね。

私は「雑読」を心がけています。一つの作品を深く読み込んでいくことも、もちろん必要だけれども、貪欲にいろんな作品を読むようにしています。

だから、たとえば十年も同じ新聞をとっていてはダメ。できたら一年ごとに変えるくらいのほうがいいのです。

私はコロナ禍の影響で朝型人間になって、新聞を毎朝六紙、読み比べるようになりました。そうすると、新聞に書いていることを盲信せず、批判的に読めるようになります。「この新聞はずいぶん遠慮がちに書いているけど、どうしてかな?」とか、いろいろ考えながら読む。こうしたこともよい刺激になるわけです。

私の場合、夜型が朝型になった変化のほかに、髪の毛がどんどん抜けるので長髪をやめて、ばっさり丸坊主にしたという変化もあります。丸坊主になってからあまりメディアに露出していないから、どういう影響があるのかわからない。けれども、何かあるんじゃないかと期待しています。

長髪のときには年に数回ぐらい美容院に行ってカットしてもらっていたのですが、これからは床屋に行く回数が増えるでしょう。そういう行動の変化も、きっと何かに影響するはずです。

リカレントよりもアンラーン

日本の社会では「この道一筋」というのが重要視されてきました。変化を嫌うというのは日本人の特性なのかもしれない。

しかし私は、自ら変化を求めていくこと、自ら進んでいろいろな変化に身をさらすことを大事にして生きてきたし、今もそうしているつもりです。

変化というのは、必ずしも進化ではない。けれども、ものすごく大事だと思うのです。

近年、転職がかなり当たり前になりました。かつてあった「新卒で入った会社に定年まで勤めて骨を埋めるのが当たり前」という雰囲気はなくなっている。これは歓迎すべき傾向でしょう。

最近、「アンラーン（unlearn）」という言葉もよく見聞きします。今までとぜんぜん違うもの、自分に縁のなかったものを勉強する。世の中でそういう「学び直し」が大事だと言われるようになったのは、すごくいいことだと感じています。

私が四十九歳から龍谷大学で授業を受けたのも、自分の専門上、延長線上にあるものを磨き直す「リカレント（recurrent）」ではなくて、やはりアンラーンでしょう。

社会人で大学に通う人、定年退職して大学生になる人が増えていて、学び直しをしたい高齢者をむかえ入れる大学も増えているようです。

私だったら、一度も習ったことがない外国語の勉強をするでしょうね。語学はすごく知的好奇心を刺激しますから。

ただ、外国語の勉強は面倒くさい。一から文法などを勉強していると嫌になる。日本にいて勉強すると相当エネルギーを消耗する。

東京女子大の学長の森本あんりさんは「外国の言葉を徹底的にマスターしようと思ったら、それに一生かけるぐらいの努力が必要だ」とおっしゃっていたことがあります。

私は大学でロシア語を少し習ったけれども、まったく苦手でものにならなかった。もっと外国語を勉強していればよかったなと後悔しきりです。

結局、その国で暮らすと言葉の覚えが早い。特に子どもの頃に外国暮らしをしていると、言葉に対する感覚が違ってくるのです。

私は子どもの頃、朝鮮半島で暮らしていました。後年、韓国の市場へ行ったときのこと。土産物を売っている店で、いきなり「이거 얼마예요?（イゴ オルマエヨ?）」と、ごく自然に韓国語の「これ、いくら?」というのが出てきた。値段を答える店員に「아이고 비싸요（アイゴー、ピサヨ）」、「いやー、高いよ」と。

小学校に通い始める前、五歳、六歳、七歳の頃は日本人のいない地方に住んでいました。周りがみんな朝鮮人だったので、現地の子どもたちとずっと遊んでいたわけです。

やはりネイティブの中でいつの間にか身につけた言葉は、何十年たっても自然に出てくるし、発音も自然です。英語でもロシア語でもフランス語でも同じだと思います。そういう言葉の記憶はわざわざ思い出すものではなくて、ふっと表に出てくるのです。

年をとってから外国語の勉強をしても、子どもの頃に覚えた感覚にはかなわないとは思う。けれども、すごくいい刺激になることは間違いないでしょう。

変化と性格

たとえば、車の運転を七十歳とか八十歳とかになって否応なしにやめさせられる。そういう受け身のかたちの変化もあります。

私は昔、自分でレーシングチームを持っていました。それくらい車好きでした。しかし六十五歳のとき、決定的な運転能力の限界を感じたわけではないけれども、思い描いた正しい走行ラインをうまくトレースできなくなって、自ら車の運転をやめました。それは私にとって生活を一変させるぐらいの大きな出来事だったわけです。

六十五歳で大好きな車の運転をやめたように、私は九十年を超える人生の中で、受動的、能動的にかかわらず、折り目、折り目でいろんな変化を経験してきました。

住む場所にしても、生まれた土地で育つのが普通ですが、私はものごころつく前に、植民地の朝鮮半島に住んでいました。しかも父親の転勤のたびに学校を代わった。それで平壌《ピョンヤン》にいたときに敗戦。ソ連軍がやってきたので、のちの三十八度線を越えて米軍のキャンプに逃げた。大転換です。

そして引き揚げてきて、今度は両親の里、九州の山奥の田舎に住んだ。そこは電気も水道もないようなところでした。

それから東京へ出てきて何度も引っ越して、さらに横浜、金沢、京都、また横浜と移り住む。もう本当に変化だらけです。

しかし、そういう変化が嫌だから落ち着こうとはならない。泳いでいないと死んでしまう魚がいるけれども。それと同じで、私の場合、何か動いていないと逆に落ち着かない。

これは「性格」だと思う。性格というのは自分で努力して作るものでもないのでしょう。自分の性格をコントロールするのは、相当意志の強い人じゃないとできません。

性格は家族とか周りの環境とか、他動的に作られる面がすごく大きいわけです。それは自分の選択を超えています。たとえば、自分が望まない親のもとに生まれてくる。自分の希望で親を選ぶことはできないのです。

残念ながら、生まれるときにすでに差はあります。日本人に生まれて「何で自分はアメリカ人じゃないんだ」と言っても無駄です。

要するに、持って生まれた性格と自分の思考や行動のバランスが難しいんですね。自分が不快なことをわざわざやるというのは、なかなかハードルが高いわけですから。

ボケに対する「免疫力」を高める

二〇一〇年に亡くなった免疫学者で、新作能の創作もされた多田富雄さんに『免疫の意味論』（青土社、一九九三年）という本があります。

私の大好きな一冊なのですが、それによれば、免疫の主な働きは自分にとって異質なものを排除しようとすること。つまり、非自己を排除するのが免疫の働きです。しかし一方で、免疫には「トレランス（寛容）」という働きもある。外部からの侵入者など異質なものであるにもかかわらず、免疫が働かなくなって、それを包摂してしまうというのがトレランスです。免疫には、排除と矛盾するもう一つの大事な働きがあるわけです。

妊娠した女性の免疫が胎児を異質なものとして排除しないのはなぜか。それこそトレランスが働いているからであるらしい。

多田さんは「このトレランスがあるからこそ免疫は意味があるんだ」と『免疫の意味論』の中で強調しています。外部から異質なものが侵入してくると、なんでもかんでも免疫が働いてそれを排除する。それが自然な行為だと単純に考えてはいけないと。

このトレランスの話は、政治学者が戦争を論じるときに引用されたりします。今のウクライナ戦争、あるいはイスラエルのガザ、レバノン侵攻を見ていると、トレランスが見あたらない。自分と異なるものに対する精神的な免疫が正常に働いていないということなのでしょう。

不良少年を善導するというケースでも、トレランスのたとえが使われたりします。ボケるということに対しても、この免疫の働きの話を当てはめることができるのではないでしょうか。

ボケの症状は自分の中の記憶の喪失だけではありません。徘徊や暴力的になる、罵詈雑言を吐くなど、いろいろあります。

徘徊、暴力、罵詈雑言といった悪いボケには人生観や処世観の影響があるはずです。

たとえば、罵詈雑言。先輩に対する態度などにすごく神経を使っている人は、その反動で無礼になる傾向がある。それがボケの症状としてあらわれるのではないでしょうか。

だから対人関係は、普段から意識的に無神経になることが必要だし、ほどほどの距離をおくことが大事だと思います。

私は大学の先生などと対談するとき、初めに「すみませんが、先生と呼ばずに〈さん〉で通しますので、そちらも先生とおっしゃらないでください」とお断りすることがあります。

私は昔から人間関係にあまり神経を使わず、シンプルに統一してきました。新人の頃、『文藝』という雑誌で、当時の大作家の井伏鱒二さんと対談をしたときも、いきなり「井伏さん」とお呼びして、あとで編集者から、すごく叱られたことがあります。

この人は「先生」と呼ぶ、この人は「さん」でいい、この人は「くん」だとか、そういう使い分けは一切しないで、誰に対してもフラットに考えて「さん」で統一すれば楽なんじゃないかと思う。

こういうふうにフラットな人間関係を作っていく中で、ボケに対しての一つの「免疫」が生まれてくると私は思うのです。

その意味では、普段から気の合った仲間と悪口を言いたい放題というのはすごくいい。常に礼儀正しく振る舞って抑圧されていると、突如、とんでもない罵詈雑言が吹き出しがちです。

ちなみに「神経を使わずにシンプルにする」という点では、「型通り」ということを大事にしたほうがいいかもしれません。

たとえば、お祝いやお悔やみのときの決まり文句は、すごく無難です。ユニークなお礼状などを書こうとすると、だいたいまずいことになる。決まり文句を使っている限りは「ボケてきたんじゃないか」とも言われないでしょうしね。

徘徊に対しても、先に述べたように、普段からしょっちゅう外出したり旅行したり、あるいは転居したりということが「免疫」になると思います。

徘徊はボケの症状として悪く言われるけれども、行動としては旅行などと同じようなものです。つまり徘徊は、それまでうろうろ出歩かなかった人の代替行為ではないでしょうか。

ちなみに、富士山登頂の最高齢記録は百一歳十ヵ月。福島県の五十嵐貞一さんが一九八八年に打ち立てたという。そういうアクティブな外出をしていると徘徊はしないはずです。

要するに、日常で蓄積した欲求不満やコンプレックスといったものを一挙に放出しないように、普段から解消していくことが大事なんですね。

「転」が大事

私は昔から旅行、転居、転職といったことをすごく大事なことと考えて、自分でもたびたび繰り返してきました。

それらの行動は、どれも「新しい環境に身を置く」ということです。その刺激によって、ボケを遅らせる、いい方向へボケを持っていくことができるのではないか。「この道一筋五十年」などと一つの場所、一つの仕事にこだわっているほうが早くボケる、悪くボケる気がします。

これを言うと炎上しそうですが、結婚も一度で満足しないで三回ぐらいしたほうがボケにくいと思いますけど。

「新しい環境に身を置く」と、生きていくうえで必要な「たくましさ」が身につくということもあるでしょう。

私は両親がともに学校教師だったこともあって、小学校を三回、中学校を三回転校しています。つまり、いつも転校生だったわけです。転校生は子どもたちにとって格好の好奇心の対象で、偏狭な目で見られがちです。だから転校するたび、新しい学校のみんなに溶け込むためにものすごく神経を使っていました。

転校というのは、がらっと環境が変わることです。しかも、ずっと幼稚園から一緒という固定メンバーによって、すでに一つのソサエティができ上がっている環境に入っていく。つまり、転校生は異邦人なんですね。

作家の井上ひさしさんも子どものときから転校のキャリアがたくさんあって、みんなの中に溶け込んでいくためにものすごく苦労したと言っていました。

転校生がみんなに溶け込むためには何か武器が必要です。井上さんはとにかくおもしろい話をして、徹底的に三枚目を演じた。「今度来たあいつは、すごく滑稽でおもしろいやつだよ」という定評を作るようにして、転校生のハンディキャップを克服したそうです。

私の武器は本でした。手元に佐々木邦《くに》のユーモア小説や山中峯太郎の武侠物といった「少年読物」がわりとたくさんあったので、まず「本を貸してやるよ」と言ってコミュニケーションをした。すると、「あいつに言えば、漫画本でも何でも借りられる」と評判になって、早く溶け込めたのです。

異邦人は確かに苦労する。けれども「一つところで慣れてしまわない」ということのほうが「免疫」の働きを高めるには大事だと思います。

社会的な自分のエリア、自分の守備範囲から逸脱するという意味では「転向」も大事ではないでしょうか。

成功者の中には左翼から右翼に転向した人、かつて学生運動で暴れていたけれども大企業に入って出世した人が少なくない。転向は「無節操」などと批判されがちです。しかし、そういうふうにがらっと変わるほうが、むしろ大事なことだと私は思うのです。

馬や牛を放し飼いにするときには、柵を作って一定エリアの外へ出さないようにします。その柵を「埒《らち》」と言います。掟や法を破るという意味の「埒を越える」という言葉、あるいは無法者や乱暴者、非常識な人間をさす「埒外《らちがい》」という言葉がある。埒外に似た言葉で化外《けがい》（王化＝中央権力の及ばない地方）、垣外《かいと》（垣根の外、こじき）という言葉もあります。

伝承なので嘘か本当かわからないのですが、親鸞のお父さんは埒外の人だったと言われています。彼は身分の高い貴族ではない「下級貴人」でした。ただ、下級官僚として朝廷に出入りするぐらいの階級ではあった。しかし、貴族社会の中でいじめられた。結局、勤めを辞めて引きこもってしまいます。

親鸞のお父さんは音曲を好んでいました。自ら楽器を弾いて歌も歌った。当時、巷《ちまた》の音曲は白拍子、今でいう風俗の仕事です。だから蔑視されていたのですが、彼は朝廷勤めを辞めて音曲を楽しむようになった。貴族社会からは「あいつは埒外の人間だ」というふうに言われます。つまり、親鸞のお父さんは転向して批判されたわけです。

先に紹介したように、親鸞は大著『教行信証』を書き終えたあと、晩年にブッダや聖徳太子、高僧などを讃える宗教的な歌「和讃」を「今様」、今で言う歌謡曲のスタイルで盛んに書き始めます。それは、当時の仏教界としては埒外と言える表現手法なんです。

また、親鸞は比叡山で九歳から二十年も修行した人です。当時の比叡山は朝廷公認の最高学府でした。ところが二十九歳のときに下山、つまり中退して、すでに下山していた法然の弟子となり、いわば非公認の専修念仏の道に入ります。

ずっと比叡山にいて、朝廷の階級でもある律師、僧都《そうず》、僧正、大僧正という僧位の中での出世を目指すというのが普通です。しかし親鸞は、途中で非公認の世界、つまり埒外へ飛び出した。

こうした親鸞の埒外の行動、いわば転向にはたぶん間違いなくお父さんの影響もあったでしょう。

思えば、浄土宗の開祖である法然もそうですが、いわゆる鎌倉仏教の宗祖たち、道元（曹洞宗）や日蓮（日蓮宗）、栄西（臨済宗）も比叡山を中退した人たちです。

埒外に出る、あるいは転向する人のほうが大きな仕事ができるのかもしれませんね。

定年退職して仕事を続けるなら、また似たような仕事に就くのではなくて、まったく方向の違うことをやるほうが格段におもしろいのではないでしょうか。それに、そのほうがやはり刺激があってボケにくいはずです。

私の場合、何年も同じ仕事をしていると、どうしても嫌になってしまう傾向があります。だから意識的に変えてきました。

作家になる前には三十回くらい転職しています。たとえば、業界紙などの編集の仕事をやっている中でも、三、四年の間に四つほど職場を変えました。

編集の仕事のあと、CMソングの世界に入って三年ぐらい仕事をして辞めた。そのあとレコード会社に入って、「学芸」という部署に所属して「保育童謡」を作ったりした。そこを辞めたあとは、放送作家としてラジオ局やテレビ局の仕事をしたりしていました。

三十三歳の頃にそれらの仕事を全部投げ出して、金沢へ引っ越してデビュー作の

『さらばモスクワ愚連隊』を書いた。それで「小説現代新人賞」をもらって小説家になるわけです。

その後、いちばん忙しかった四十歳のときに「休筆」しました。作家としての私の生みの親と言っていい『小説現代』初代編集長だった三木章さんに「仕事を何年かやめます」と報告したら、「五木さんは流行作家なんだから、休んで戻ってきても椅子はないよ」と言われた。

流行作家は働き続けなきゃダメだと諭《さと》されたわけです。しかし「いや、もう一度、新人賞を受けますから」とえらそうなことを言って、何年か休筆した。

その後、『戒厳令の夜』などを書いて復帰、四十九歳のときにまた三年ほど休筆して、仏教の勉強をした。このときは『風の王国』を書いて小説の世界にもどりました。

私の場合、住むところも転々と変えてきました。そもそも私は福岡で生まれたけれども、物心ついたときには両親が玄界灘を越えて朝鮮半島に渡り、転々とした。小学校に上がる頃はソウルにいて、小学校の途中から平壌に移り、そこで中学一年のときに敗戦をむかえたわけです。

内地に引き揚げてからも、三年同じところに住んだことがないくらい転々としています。東京に出てきてからも住居をしょっちゅう変えました。

以前にも話したように、一生仕事を変えない、住むところを変えないというのも、それはそれで立派なことでしょう。しかし、時に変化をつけたほうがいいと私は思うのです。

定年退職してまったく違う仕事をするとなったら、住むところ、あるいは生活そのものもがらっと変えてみる。そのほうがもっとおもしろいかもしれない。たとえば、起業は大冒険でしょうが、それまでのサラリーマン生活にはなかったおもしろい刺激が必ずあるはずです。

「雑」が大事

転職、転居、転向……私は「転」ということを大事にしてきました。

近年も大きな変化がありました。私は何十年も朝七時頃に寝て午後三時頃に起きる夜行性の人間だった。それが三年ほど前から夜十二時に寝て朝七時に起きる朝型の人間に変わったのです。

コロナ禍で不要不急の夜遊びができなくなった影響なのですが、朝食のあとに散歩をして朝日を浴びる生活スタイルなんて、以前には想像もしていなかった。しかし、いざやってみるとすぐに慣れるものなんですね。

私は「転」に加えて、「雑」ということもすごく大事にしています。

たとえば、対談の仕事は何かテーマを決めて行うけれども、やはりテーマから外れる雑談の部分がすごくおもしろいわけです。私は対談本をたくさん出しているけれども、いちばんよく読まれたのは野坂昭如《あきゆき》さんとの『対論』（講談社文庫、一九七三年）。あれは本当に雑談でした。

対談の相手も野球選手からマージャンの名人、ミュージシャン、大学の学長さん、医学者、物書きと、それこそ雑多です。

また、私にとっては「雑文を書く」ことがとても重要です。エッセイなんて気どったものではなくて、いろんな雑文を書いているわけです。しかも寄稿する先も、一定の傾向のある雑誌などと決めずに、どんな媒体であろうと書くようにしてきました。

ものを食べるときにもそうです。肉が好きだとか野菜が好きだとか、すぐ好き嫌いを言う人がいるけれども、私は何でも食べる。調理法でも中華料理、イタリア料理、和食、そしてインスタント食品と、どれでもかまわない。それこそまさに雑食です。

読書にしても私の場合、「今月読んだ本」をあげると、ジャンルがあまりにも一色ではなく、恥ずかしいぐらい雑然としています。

服装も雑多なほうがいいでしょうね。「年寄りは年寄りらしく地味に」と凝り固まっていると早くボケる気がします。

市民社会が発達した外国の年寄りは着ているものが派手です。特にアメリカがそうですが、派手な服装のほうが刺激が多くていいと思う。日本でも還暦に赤いちゃんちゃんこを着るぐらいだから、抵抗はないはずです。

とにかく「○○らしく」という横並びがダメなんです。

私は昔、『夜のドンキホーテ』(河出書房新社、一九七三年)という高齢の老人がハーレーをぶっ飛ばして走り回る小説を書いたことがあります。やはりお年寄りがオートバイに乗っているのもかっこいいと今でも思います。

私の場合、服装については保守的、普通におとなしめのものを着ています。それはそれで自分の好みだからよしとしているのですが。

越境者でありたい

「転」は埒を越えること、「雑」は埒を作らないことと言えるでしょう。つまり、垣根を作ってその垣根の中にいるのではなくて、常に「越境者」でいる。そういう意識を持つことがすごく大事だと思います。

たとえば、会社員でいながらも会社員ではいないという意識。組織に属して働く人と自由業者とでは、はっきり分かれているように見えるけれども、そんなことはありません。

音楽にしても、クラシック音楽から歌謡曲など大衆音楽まで、ものすごく幅がある。その幅の中の一ヵ所に音楽を固定する必要はなくて、あれもこれも音楽という受け止め方があるわけです。

　また、近頃は新聞で横組みの記事がずいぶん増えてきました。始めの頃、私にはものすごく拒絶反応があって、「活字は縦組みじゃなきゃ読みにくい」と文句を言っていた。しかし、毎日読んでいるうちに慣れてきて、今ではすっかり普通に読めるようになりました。

　今でも頑なに「縦組みじゃなきゃ読まない」と言う人もいるでしょう。それはそれで立派かもしれない。けれども私の場合、「縦でも横でも斜めでもいいじゃないか」と自然にこだわりがなくなったわけです。

　「食わず嫌い」というのがあるじゃないですか。子どもの頃からこれはまずい、食べられないという先入観があって食べていないものがある。けれども、大人になって食べてみると意外においしかったりする。

　縦組みへのこだわり、音楽へのこだわり、あるいは会社員へのこだわりもそれと同じです。要するに、自分のキャラクターをきちっと固定してしまって、それをずっと続けていくというのは、いかにも窮屈、不自由です。

「一筋の道」というものが持っている偉大さは確かにあります。しかし一方で、一筋の道には不自由になる危険性があるんじゃないでしょうか。

第六章

こころを自由にする

病院が嫌いな理由

私は自分で自分の体の面倒を見たい。だからほとんど病院に行かないのですが、それが一つのボケ予防として役立っているのかもしれません。

もちろん病院の代わりにセルフケア、つまり自己流の養生法をしっかりやっています。

たとえば、私は最近、のどの具合がよくない。ひょっとすると喉頭がんということもあるから、気をつけなきゃいけないとは思う。

とにかく病院が苦手なんですね。待合室で長々と待つのもつくづく嫌だ。今の医療体制についても信用できないところがある。この七十年ほど、歯科医以外の病院に一度も行かなかったほどです。

しかし、膝の痛みがどうしようもなくなって、ついに七十年ぶりに病院に行きました。そうしたら、こんなに病人がいるのかと思うぐらい、大群衆が並んで待っている。診察で行列、薬をもらうのでもういっぺん、さらに会計で行列。一日がかりでした。

いい加減な医者にかかったら一生の不作です。よく「早期発見、早期治療」と言われますが、いい医者に会えるか会えないかは、本当に運・不運なんですね。だから、よいかかりつけ医を持っている人は本当に幸せだと思います。

もちろん、本当に「人びとのために」という医師がいて、恵まれた出会いもあるでしょう。ただ、そういう医師に巡り合うのは偶然でしかない。この人はダメ、あの人はいいというような「ドクターショッピング」はなかなかできません。

病院にぜんぜん行かないのにずっと元気な人というのはたくさんいる。一方で、しょっちゅういろんな病院にかかっている人もたくさんいる。それは運・不運としか言えないと思います。

人生は、偶然というものにすごく左右されるところが多いのです。医者選びもそうだけれども、たまたまよい出会いがあるだけで、八割方の人はラッキーじゃない。最近、「親《おや》ガチャ」という言葉が流行っています。どこのうちに生まれるかというのは本人の責任ではなくて、やはり偶然です。

どういうふうに自分が生きていくか。そういうことを考えていながらも、なかなかチャンスに巡り合わない人たちが多い。偶然という要素が大きいから人間の一生は難しいわけです。

「信仰」という支え

人間が生きていくことは難しい。つくづくそう思います。

たとえば、大リーグの大谷翔平選手を見て、世の中の親の八割ぐらいは「うちの息子も大谷くんの爪の垢ぐらい甲斐性があってくれれば」と、ため息をついているのではないでしょうか。

しかし結局、「優れた人間にならなくても、平凡でいいからそこその人間に育ってほしい」と普通の親は思う。子どものことで苦労している人は多いわけです。

平凡な子に育つというのもなかなか大変です。そして大人になり、高齢まで生き残る。しかも、最後まで社会から阻害されないような生き方をしていかなきゃいけない。これは、やはり大変なことでしょう。

難しい人生の中で出てくるのが「信仰」というものです。信心は、特に晩年の人にとって大きな支えになりえるでしょう。

「後生はお寺さんにお任せ」と決めているようなおじいちゃん、おばあちゃんは、さまざまな生活上の苦労があるにしても、精神的には楽だと思います。

よりよくボケるためにも信仰、信心は大事なことかもしれない。たとえば、「お遍路」は高齢者の夢だったりもします。そのために心身ともにしっかりしていようと、晩年の励みにしている人たちも少なくないはずです。

ただし、信心ということだけならいいけれども、「宗教生活」ということになると、団体に所属して、さまざまなかたちで団体の活動に積極的に参加しなければいけない。宗教生活一筋になると、多額の献金をするとか信者を増やす布教活動をするとか、周りの人に迷惑をかけたりもします。これは厄介です。

旧統一教会の問題を持ち出すまでもなく、かつて創価学会が盛んだった頃には、神棚を放り出したりといったトラブルがありました。

もちろん、宗教生活もいろいろでしょうが。

昔、泊まりがけである禅寺を取材したときのこと。夜中にお茶を出してくれた若いお坊さんが、サインしてほしい、と私の本を持ってきました。彼は車が好きで、親から「永平寺で一年間我慢してくれればポルシェを買ってやる」と言われたそうです。「あと三ヵ月で一年経つ。ここを出たらポルシェを乗り回すんです」と、うれしそうに話していました。

「自由人」はボケにくい

私が最終的に大事にしているのは自由人であること。つまり「自由に生きる」ということです。だから埒を越える「転」、埒を作らない「雑」を大事にしているわけです。

私の場合、単におもしろそうなものを何でもやっているだけとも言えますが、思想的な根本はやはり「自由」なんですね。

頑固一徹とは言うけれども、頑固多徹とは言いません。頑固一徹はやはり不自由です。だから私の場合、そういう人は尊敬できるけれども、どうしてもつき合いづらい。

先にリベラルアーツの話をしました。リベラルアーツは一般的に「教養」というふうに訳されがちです。けれども本来的には、ローマ時代に異国の捕虜だったり出自が違ったりして、市民的な自由を持てない人びとがいた。そういう奴隷を含めた不自由な人びとが、リベラルアーツを身につけることによって、市民としての権利を持て、拘束された状態から自由になれる。つまり、不自由から自由への道がリベラルアーツだったわけです。

要するに、自由でいるためには幅広い教養が必要なんですね。やはり一筋の道よりも「転」や「雑」という多様な道のほうが、いろんな教養に触れることができます。だから頑固者よりも「文弱の徒」のほうが長く自由でいられるんじゃないか。

もちろん、一筋の道を選ぶのも多様な道を選ぶのも、本人の勝手、自由です。しかし、多様な道のほうが少なくとも不自由ではないし、刺激も多く、悪いボケにならないのではないでしょうか。

ボケには「アルツハイマー型認知症における脳内でのアミロイドβの付着」というような医学的な原因があります（最近、別の原因説もでていますが）。

一方で、人間の気持ちとか行動とか、そういうものが生理的にさまざまな変化をもたらす。これも当たり前のことです。だからボケはその人の考え方、生き方にすごく関係がある。とりわけ自由というものが、すごく関係していると私は思うのです。

ここ三十年ほど日本社会の「閉塞感」が指摘され続けています。閉塞感というのは文字どおり、不自由な感覚です。一方で、近年は会社や学校、地域など、どこでも「多様性」の重要さを盛んに言うようになりました。多様性は単なるスローガン、流行語にとどまらない、自由にもつながるとても大事なことだと思います。

ただし、画一性から遠ざかって、それぞれの人が自分勝手に多様性の道を歩いていくのは、徒党を組めないぶん、非常に大変です。

みんなと同じ歩調をとっているほうが楽です。自分ひとりの判断で自分流の歩き方をしなければいけないという人生は、やはり大変なのです。

そういう大変さを補うのが教養とも言えそうです。裏返して言うと、日本社会で閉塞感がずっと続いているのは、本来の教養がなくなってきている一つの証拠なのかもしれません。

また日本社会の閉塞感には、島国であるがゆえに多様な民族が混合しながら住む場所ではなかった、という地理的な理由もあるでしょう。つまり、そもそも日本ではいわば雑民化が進みにくいわけです。

しかし、私は多様性の大変さがむしろよいことだと思います。社会、あるいは人間はいろいろこすれ合っていたほうがいい。画一性とか純粋性とか、そういうことにこだわらないほうがいい。そう私は思うのです。

近年、人口が減っていくという中で、移民や外国人労働者の問題が話題になっています。いろんな外来者がいたほうが、人間の社会はより健全ではないでしょうか。出生率も上がるかもしれません。

もちろん、管理された多様性では意味がない。やはり「雑」が大事なんですね。

「雑」には反抗心といったものも含まれます。「おまえはダメだ」とバカにされても、それに反抗して雑草のようにしぶとく生きていく。だから人生、おもしろいという部分があると思います。

たとえば、若者のマージャン人口が減った一つの理由は「偏見」がなくなったことでしょう。かつて雀荘《じゃんそう》の店主やマージャンのプロは、ある種のやくざっぽい人だと思われていました。将棋の名人は尊敬されるけれども、マージャンの名人はそうでもない。私と仲がよかった福岡県出身で「ミスター麻雀」と呼ばれた小島武夫さんでさえ、ずっとそんな扱いでした。

だからマージャンをやっている人間には、アウトサイダーという意識があった。常識的ないわゆる階級社会から逸脱している。そういう感覚がマージャン人気を支えていたわけです。

ただ、近年「Mリーグ」というマージャンのプロリーグ戦ができて、動画のネット配信やBS放送もあったりして盛り返しているようです。最近、その映像を見ましたが、いかにも一般市民がマージャンをやっている健全な感じでした。「マージャンなんかやるの?」と、蔑視されたり敬遠されたりしないですむ時代になったのであれば、それはそれでいいことでしょう。しかし一方で、アウトサイダー的逸脱のないマージャンは、決して小さくない魅力の一部を失ったように私は思うのです。

マージャンとボケ

俗説に「ギャンブルはボケを遠ざける」というのがあります。「マージャンはボケ予防になる」ともよく言われますが、そんなことはないでしょう。

ただ、どうせやるなら孤独なギャンブルではなくて、人間対人間の交流があるようなギャンブルのほうがいいと思います。

たとえば、マージャンは四人いないとできないから、孤独に閉じこもりがちで、対話の機会があまりないという人にはいいかもしれない。しかも、マージャンには「雀友《じゃんゆう》」という言葉があるぐらい相手を選びます。気持ちのいい、一緒に遊びたいと思う人を呼び集めてやるわけだから、その点もよい効果があるかもしれません。

年中マージャンをやっている人には交友関係があります。かつ雀卓を囲んでいる最中に冗談も言うし、悪口も言う。普段、謹厳な人でも「バカヤロー、そんな安い手で突っ張りやがって」とか、口汚い言葉をつかいます。

そういう意味では、自分を開放する場でもあるでしょう。だから悪くないと思う。つまり、マージャンのような対話が多い勝負事、ゲームがいいのではないでしょうか。

パチンコや競馬はひとりでできるから対話がない。碁・将棋も黙々とやる。ただ、碁・将棋はさし終えたあとで、「あそこはこうすりゃよかった」などとお互いに話をしたりします。その点はマージャンに似ているでしょう。

私は昔、吉行淳之介さんや阿川弘之さんたちとよくマージャンをしていました。当時は毎年恒例のように、いろんな週刊誌や月刊誌が作家など著名人を集めて、マージャン大会を開いていました。今は、作家同士が卓を囲んでマージャンをするという風景はほとんどない。

よく「マージャンは人間性が出る」と言われますが、私は違うと思う。雀卓で出てくる人間性はその人の本性があらわれるのではなくて、また違うタイプのものでしょう。

ただ、悪口雑言が飛び交う場ですから、無礼講のような開放感があります。先輩の吉行さんに対しても「その手汚いじゃないですか」と平気で文句を言える。お互いに普段だったら言えないことを言い合えるのは、意識が開放されているからでしょう。

最近は大学生もマージャンをあまりやらないようです。昔は大学の校門を出たら雀荘が並んでいて、阿佐田哲也さんの『麻雀放浪記』を座右の書みたいに持ち歩く学生もいました。今はそういう風景がなくなっています。

哲学者の久野《くの》収《おさむ》さんから、こんな話を聞いたこともあります。

全共闘の時代、学生運動のデモで警官に追われると雀荘に飛び込む。それで「ちょっとサツに追われている」と言うと、雀卓を囲んでいる人がさっと席を開けてくれる。そこに座って、ポンだ、チーだとやっていると、警官がどやどやと入ってくる。「今、入ってきたはずだぞ!」「さあ? 知りませんね。あっ、それポン」などとやって、学生たちはとぼけたものだと。

雀荘には意識の中にアウトロー的な感覚があって、お上とか、そういうものに対する抵抗意識がありました。久野さんは「五木さんも逃げ込むときは雀荘だよ」と言っていましたが、全共闘世代は特に互助的だったのでしょう。

久野さんは晩年まで、ものすごくよくしゃべる人でした。若い人が訪ねて来ると、いろいろな話をしてなかなか帰してくれない。学者は授業や講演をしなくなると、自分の業績でも忘れてしまうそうです。久野さんのおしゃべりは、その予防だったのかもしれません。

とにかくマージャンはおもしろい。頭も使います。自分で点数計算をしなきゃいけなくて、ぱぱぱっと計算しないとみんなから嫌がられる。口《くち》三味線を含め、いろんな駆け引きがあります。

同世代の人がいなくなったというのもあるけれども、最近、マージャンをする機会が本当に少なくなって、さびしい思いをしています。

作家とボケ

人間が老いていく中での一つの防御のスタイルとして、「ボケているように見せる」というテクニックもあります。たとえば、答えづらい答えを出すときとか。親鸞が八十五歳のときに「なにごともみなわすれて候ふ」と言ったのも、それかもしれません。

しかし、やはりある程度高齢になると、どこかがボケてきます。あるいは動脈硬化のように、感覚が硬化してくるところがある。親鸞もそういう意識の変容を自覚していたと思います。

作家の晩年はどうか。文章を読んで、これはボケてるなと感じるようなことはほとんどありません。そういう人には依頼もいかないし、本人も書けなくなったら書かないでしょう。

私の印象としては、最後まで書き続けた作家が多い感じです。たとえば、八十九歳のときに大著『近世日本国民史』を完結させたジャーナリストの徳富蘇峰。八十五歳までTBSラジオ『秋山ちえ子の談話室』を四十五年間も続けたエッセイストの秋山ちえ子さん。先年、九十九歳で亡くなった瀬戸内寂聴さんも、最後まで「執念」のように原稿を書いていました。

百歳になられた佐藤愛子さんもしっかりおもしろい本を出されている。私も最後まで書き続けられたらいいなと思っているのですが。

ボケの不安から自由になる

「将来ボケるんじゃないか」という不安は誰にでもあるはずです。ときどき、固有名詞が出てこなくなると「ひょっとして……」と。

ボケに自分なりに備えましょう、対処しましょうという技法は、本書で紹介した私の実践例のようにいくつもあります。

ただし、先に述べたように、私の実践は「アンチ・ボケ」、ボケを克服するための健康法ではありません。ボケの不安にとらわれないための養生法なのです。

そのおかげもあって、少なくとも私はボケの不安に悩んではいません。つまり、ボケの不安からは自由になっているわけです。

最終的に人間は、どんなに抗っても肉体が衰えて死をむかえます。精神も同じように徐々に老いていき、最後は死をむかえます。それはいわば自明のことで、覚悟する必要があります。

どんな人間も老いてボケていく。年齢を重ねるのと同じように、ボケ度というものが進んでいく。だからこそ、ボケを異常、害悪と考えて恐れたり敬遠したりしない。これが大事だと私は思うのです。

ただし、同じ百歳でも寝たきりで生きている人もいれば、ぴんぴんして周りに迷惑をかけずに生きている人もいます。

要するに本書でつづったのは、後者になれないだろうか、よいボケかたはできないだろうかという私のひそかな願望なんです。

加えてボケのリベラルアーツ

肉体面の健康法は、ほとんどの高齢者が気をつかっているはずです。体操をやっている人とかサプリメントを飲んでいる人とか、いろんな人がいる。今の高齢者は、そういう肉体の衰えを支える努力をしています。

繰り返し述べているように、ボケは加齢にともなう生理面、精神面での衰えと言えます。その衰えに対して、誰もが不安に思っているのは確かです。しかし、肉体面と同じように精神面の衰えを努力して支えているかというと、あまりやっていないのではないか。肉体を過大に大事にしすぎて、精神の鍛錬を怠っているのではないでしょうか。

やはり精神の鍛錬も怠ってはいけない。精神の老いから自由になる知的な活動、いわばボケのリベラルアーツを追求しなきゃいけない、それも楽しく真剣に。そう私は思うのです。

精神面の努力を楽しむためにも、まずボケに対する認識を変える必要があります。つまり、ボケるのは正常なことである。加齢とともに肉体的に衰えが進むのと同じように、精神的にも衰えは進む。だからそれを特別に悪い病気として敬遠しない。

病院通いをしながらも、日常生活を快適に過ごしている高齢者も多くいます。ボケの中にも正常なボケかた、望ましいボケかた、理想的なボケかたがある。それならば、できるだけよい方向へボケる工夫ができるはずなのです。

こうした認識を持つだけでも、ボケの不安から自由になれるのではないか、と思うのです。

この本の中では、よい方向へボケる工夫として、聴力や視力、咀嚼力、歩行力などの遊び半分の養生法を紹介しました。そういう肉体的な工夫と同時に、精神的な工夫からも攻めていくことが大事だと思うのです。

たとえば、年をとると聴力が衰えて耳が遠くなる。そうすると、みんなでしゃべっているときに聞こえないことがある。しかし、「何て言った?」と聞き返すのが野暮な感じがしてできない。聞こえなくても、「うん、そうだね」などとわかったふりをする。つまり、うんうんといい加減な相槌を打って、耳が遠くなっているのを隠すわけです。こういう心構えがよくないと思う。

さらによくないのは、聞こえないのが嫌だからと、周囲とのつき合いを避けるようになっていくという精神状態です。

要するに、補聴器を使う、聴力を保つトレーニングをするといった肉体的な工夫と同時に、精神面でも、聞こえなかったら聞き返す、おしゃべりの場を嫌わないといった心構えを持つ必要があるわけです。

補聴器にしても、自分にいちばん合ったものを真剣に選ばなければいけないし、使いこなすためには、専門家について調整やトレーニングをしなければいけない。機械にお任せではなく、自ら積極的、かつ真剣に聴力の回復に取り組む。そういう心構えが大事になるわけです。

また、年をとってくると、ろれつが回らなくなります。その主な原因は歯の問題でしょう。だから高齢者は、できるだけいい歯科医にかかる必要があります。ただ世の中には、悪い歯医者がいるので気をつけたほうがいい。たとえば、すぐに抜きたがる歯医者というのがいます。私は下の歯は問題ないのですが、ある歯医者さんはこんこんとやって「ずいぶん丈夫だな」と、すごく悔しそうにつぶやいていました。

しかし、なかには良心的な歯医者さんもいます。だから、かかりつけを取り替えるのをためらわず、自らいい歯医者を探すという積極的な心構えを持つべきでしょうね。

こうした肉体面と精神面の両方から工夫、努力していると、ボケかたはだいぶ違ってくるんじゃないか。そして大事なのは、そういう工夫、努力を楽しんでやること。楽しみとして工夫、努力しないと、なかなか継続できません。楽しむというのも、とても大事な心構えなのです。

あとがき

ここまでの話では、ボケを必ずくる将来のこととして、そこに限りなく近づいている当事者のひとりとして、「どうボケるか」という大問題について、まじめに考えてきたつもりです。

ただし、繰り返し言っているように、ボケを避ける方法とかボケない方法を模索したわけではありません。ボケを覚悟して受け入れ、正しい方向へ、望ましい方向へボケかたを持っていきたい。ゆがんだボケかたをしたくない。そういう思いで語ってきました。

ボケは、切実な問題として誰にでものしかかってくるものです。みなさんも、ボケは年齢と同じように、必然的に重ねていくものであると理解して、そのうえで、いいボケかた、望ましいボケかたへの道を自分なりに努力して探してほしいと思います。


今の日本の社会には、ボケを悪と考えて、どう克服するかとか近づかないですむかとか、そういう排除する方向だけが、常識として論じられる傾向があります。しかしボケは、体の老化とか筋肉の衰えとかと同じような生理的な現象です。だから恥ずかしがることなく、堂々と向き合っていきましょう。

もちろん、徘徊したり、罵詈雑言を吐いたり、暴力を振るったり、糞尿をまき散らしたりと、周りに迷惑をかける悲惨なボケかたもあります。一方で、その人がいることで周りが和やかになるような、人に好かれるボケかたもあります。その差がすごく大きいわけです。

私はボケの道を通って、穏やかでしかも光のあるような心理的状況に至りたい。そんなふうに心から願っています。

結局は、そうならないかもしれません。しかし、ボケの理想に少しでも近づこうと、真剣にいろんなことを考えて努力していること、それ自体が楽しいことではないでしょうか。これが九十二歳を超えた私のボケとの向き合い方の一端です。


この本の中で、私は養生ということについて、しばしば語りました。しかし養生は、よく生きる道でもあると同時に、よく死ぬ道でもあるのです。どれほど健康に気をつかっても人は必ず死ぬ。それまでの生を、よりよく生きる道としての養生ですから、養生はよりよく死ぬ道とも言えるでしょう。

生まれた者は、すべて死ぬ。それまでの生をよりよく生きること、よりよくボケること、それを願って、この一冊をお届けします。

二〇二四年一二月

五木寛之 いつき・ひろゆき
1932年、福岡県生まれ。作家。日本藝術院会員。幼少期を朝鮮半島で過ごし47年に福岡県へ引き揚げ。早稲田大学露文科中退。編集者、作詞家、ルポライターなどをへて『さらばモスクワ愚連隊』で作家デビュー、『蒼ざめた馬を見よ』で直木賞、『青春の門 筑豊篇』などで吉川英治文学賞、『親鸞』で毎日出版文化賞特別賞などを受賞。著書に『戒厳令の夜』『風の王国』『大河の一滴』など多数ある。『日刊ゲンダイ』連載エッセイ「流されゆく日々」は世界一の長期連載。

朝日新書
987

遊行期《ゆぎょうき》

オレたちはどうボケるか

2025年1月30日第1刷発行

著者 五木寛之

発行者 宇都宮健太朗
カバーデザイン アンスガー・フォルマー 田嶋佳子
印刷所 TOPPANクロレ株式会社
発行所 朝日新聞出版
〒104-8011 東京都中央区築地5-3-2
電話 03-5541-8832（編集）
03-5540-7793（販売）

Published in Japan by Asahi Shimbun Publications Inc.
ISBN 978-4-02-295284-4
定価はカバーに表示してあります。

朝日新書

死の瞬間

人はなぜ好奇心を抱くのか

春日武彦

人はなぜ最大の禁忌〝死〟に魅了されるのか？その鍵は「グロテスク」「呪詛」「根源的な不快感」にある。精神科医である著者が、崇高でありつつも卑俗な魅力を放つ〝死〟にひかれてしまう複雑な心理を、小説や映画の読解を交えて分析。

限界の国立大学

法人化20年、何が最高学府を劣化させるのか？

朝日新聞「国立大の悲鳴」取材班

国立大学が法人化されて20年。この転換とその後の政策は大学にどんな影響を及ぼしたのか。朝日新聞が実施した学長と教職員へのアンケートに寄せられたのは悲鳴に近い声だった。東大の学費値上げの背景など国立大学で起きている真相に迫る。

遺伝子はなぜ不公平なのか？

稲垣栄洋

なんの結果も出せないとき、自分の努力不足や能力のなさを呪ってはいけない。それは全部遺伝子のせいだ。あなたの存在は、進化の過程で生き残ってきた優秀な遺伝子にほかならない。懸命に生きるあなたへ贈る、植物学者からの渾身の努力論。

底が抜けた国
自浄能力を失った日本は再生できるのか？

山崎雅弘

専守防衛を放棄して戦争を引き寄せる政府、悪人が処罰されない社会、「番人」の仕事をやめたメディア、不条理に従い続ける国民。自浄能力が働いていない「底が抜けた」現代日本社会の病理を、各種の事実やデータを駆使して徹底的に検証！

蔦屋重三郎と吉原
蔦重と不屈の男たち、そして吉原遊廓の真実

河合 敦

蔦重は吉原を基点に、黄表紙や人情本、浮世絵など次々と大ヒットを生み出した。いっぽう幕府による弾圧にもめげず、歌麿や写楽に大首絵を描かせたり、政治風刺の黄表紙を出版するなど、反骨精神あふれる蔦重の生涯を天才絵師・戯作者たちと共に描く。

脳を活かす英会話
スタンフォード博士が教える超速英語学習法

星 友啓

世界の英語の99・9％はナマッている。だからこそ脳の欲求の赴くままに自分なりの英語で世界と遊べ！ 脳科学や心理学、AI時代のアイテムを駆使して、コスパ良く楽しくネイティブと話せる術をスタンフォード・オンラインハイスクール校長が伝授。

子どもをうまく愛せない親たち
発達障害のある親の子育て支援の現場から

橋本和明

「子どもには愛情を」。児童相談所の一言が、なぜ虐待を加速させたのか？ 発達障害のある親は育児で大変な苦労をすることがある。虐待やネグレクトが起きてしまう実態と対策を、豊富な実例とともに紹介。子育ては愛情ではなく技術である。

ほったらかし快老術
90歳現役医師が実践する

折茂 肇

元東大教授の90歳現役医師が自身の経験を交えながら、快い老い方を紹介する一冊。たいていのことはほったらかしでよく、大切なのは生きがいと骨。落ち目同士で群れない、手抜きしないでオシャレをする…など10の健康の秘訣を掲載。

朝日新書

数字じゃ、野球はわからない

工藤公康

昭和から令和、野球はどこまで進化したのか？「優勝請負人」工藤公康が、データと最新理論にとらわれた野球界を総点検！さらに自身の経験をもとに、いつまでも色あせない〝野球の魅力〟も紹介。新参からマニアまで、ファン必読の野球観戦バイブル。

老化負債

臓器の寿命はこうして決まる

伊藤 裕

生きていれば日々損傷されるDNA。加齢に伴い修復能力が落ちると、損傷は蓄積していく。これが老化だ。ただ、この「負債」は「返済」できる！ 心身の老化のメカニズムから気付き方、自分でできる画期的な「若返り」法までを徹底解説する。

節約を楽しむ

あえて今、現金主義の理由

林 望

キャッシュレスなんて、まっぴらだ！ お金のあれこれを人任せにしない。自分の頭でしっかり考えたい。だから、ベストセラー『節約の王道』著者は、あえて今、現金主義を貫く。キャッシュレス生活・ポイ活の怖さを指摘し、安全確実な「令和の節約術」を公開！

なぜ今、労働組合なのか

働く場所を整えるために必要なこと

藤崎麻里

2024年春闘の賃上げ率は5％台で33年ぶりの高水準となったが、広がる格差、実質賃金に追いつかない賃上げなど課題は山積。若い世代や非正規雇用など労働組合とつながらない人も多い。一方、欧米では労組回帰の動きもある。労組に今、何ができるのか。

遊《ゆ》行《ぎょう》期《き》

オレたちはどうボケるか

五木寛之

加齢と折り合いをつけてどう生きるか。92歳の作家が、人生を四つに分けるインドの最後の住期「遊行期」という平穏な時に身をおいて考える。「老い」や「ボケ」を受け入れながら、人生100年を生き切るための明るい「修養」、そして執筆活動の根源を明かす。